RAGAZZE DELL'
OLIMPO

Rumore di fondo

Regola di Ruffini o poemi cavallereschi? Tra due opzioni catastrofiche, Luce scelse di concentrarsi sulla biro della fortuna. Gliela aveva prestata Hoon un po' di tempo prima. Quella penna delle meraviglie le aveva permesso di imbroccare due verifiche su due. Non l'avrebbe certo tradita il giorno delle prove finali, a cui mancavano ormai pochissime ore. Poco più di quindici. E non sarebbero mai bastate per riguardare tutto ciò che aveva ignorato durante l'anno.

Mitocondrio.

Perché le era venuta in mente quella parola? E perché proprio in quel momento? Un segno del destino? Una premonizione? E cosa cavolo era? E soprattutto: che materia riguardava? L'epica del mitocondrio? L'area del mitocondrio? Il generale Mitocondrio? Ricordarsi quale professore glielo aveva inflitto era indispensabile. Ma anche impossibile, con tutto quel fracasso.

— Puoi pensare in silenzio, Hoon? — sbottò alla fine, con un tono che non avrebbe usato nemmeno per insultare il suo peggior nemico.

— Scusa? — le chiese l'altra con l'aria di cadere dalle nuvole.

— La tua concentrazione mi distrae. Ti esce dalla testa, invade la stanza e mi impedisce ogni sforzo mentale. Le rotelle del tuo cervello cigolano! — esplose Luce. Le venne il dubbio di essersi lasciata trasportare. Guardando l'amica che la fissava esterrefatta ne ebbe la conferma. Cercò di calmarsi. Per la settecentesima volta.

— Scusa — mormorò. — Mi è venuto lo stress da mitocondrio.

— Sta nel citoplasma e serve alla respirazione cellulare — spiegò Hoon in automatico.

Luce cominciò a scrivere il suggerimento su un foglio, calcando talmente tanto che le parole finirono impresse sulla copertina del libro che c'era sotto.

— Non serve che te lo scrivi — continuò Hoon senza alzare la testa dai libri. — Mars ha detto che la prova riguarderà solo l'ultima parte del programma.

— Mi fido di un professore quanto di un pitone affamato! — borbottò Luce e cominciò a immaginare il prof di biologia mutare in un rettile e ingoiarsi lei e tutti i suoi compagni.

— Non dico di voltargli le spalle, ma…

Un altro rumore, un suono improvviso e intenso. Luce gridò e saltò per aria, scagliando involontariamente la biro della fortuna dall'altra parte della stanza.

Hoon sollevò la testa dai libri. — È solo il campanello! Di casa tua, per la precisione.

Luce doveva decisamente darsi una calmata. Domandandosi per quale cavolo di istinto sadico le scuole infliggono inutili prove agli studenti, si alzò per andare a prendere la penna.

Catastrofe! Sciagura e fine del mondo!

La biro della fortuna, l'unica sua alleata nell'epica guerra contro i professori, si era spaccata in due. Senza di lei i test del giorno dopo sarebbero stati un disastro definitivo, anche se fosse stata preparatissima. Oltretutto non lo era.

— Devo uscire subito! Devo trovarne un'altra identica! Dove l'hai comprata? — chiese a Hoon.

— Non lo so! Me l'ha regalata la zia — rispose lei. — Comunque possiamo provare ad aggiustarl…

— Scordatelo! Biro rotta non porta bene! — asserì Luce.

Hoon scosse la testa. — Per non studiare, potevamo andare da Sid.

Luce tentennò un attimo. Da quando la loro amica aveva rinunciato alla sua ossidiana e perso i suoi poteri era rimasta sull'Olimpo. Lei e Hoon andavano a trovarla ogni volta che avevano un minuto libero ma, con le prove finali in agguato, non la vedevano da tre giorni. Certo, l'avevano avvertita in anticipo, ma la cosa non piaceva a nessuna di loro.

Purtroppo le verifiche di fine anno non si potevano evitare. E per prepararsi serviva tempo. Ma una biro portafortuna valeva come tempo supplementare. Almeno quanto dieci pomeriggi di studio.

— Tua madre mi ha fatto salire! — salutò Chamirane Groll, entrando nella mansarda. — Venite a saccheggiare tutti i negozi del centro?

Luce guardò la loro compagna di classe con aria esterrefatta.

— Oggi? Adesso? Con gli esami domani? — si stupì Hoon.

— Applico la teoria di una mia vecchia prof di mate: mai studiare il giorno prima. Tanto nel cervello non entra più nulla. È meglio rilassarsi in modo da affrontare sereni, ottimisti e concentrati la verifica, l'esame, il test o qualsiasi cosa si debba fare.

Luce ebbe la sensazione che l'improvvisa comparsa di Chamirane fosse un segno del destino. Ma un'insopportabile vocina, orribilmente simile a quella della madre, le diceva di restare a casa con il naso sui libri.

— Allora, andiamo? — chiese la nuova arrivata con un sorriso irresistibile.

***

Non sapeva più quante migliaia di volte avesse desiderato essere diversa. Non troppo. Solo con un po' della spensieratezza di Luce e un pizzico della decisione di Sid. Per quanto l'idea l'avesse tentata, non aveva avuto il coraggio di buttarsi nello shopping selvaggio insieme a Luce e Chamirane. Ma ormai Hoon si conosceva da un periodo di tempo sufficiente. Su di lei la teoria del relax pre esame non poteva funzionare. Se non avesse studiato fino a tardi, il giorno dopo si sarebbe sentita abbastanza in colpa da essere insicura. Avrebbe sbagliato domande a cui poteva rispondere perché invece di pensare alle risposte avrebbe rimuginato su quello che avrebbe potuto fare in più il giorno prima. Con il solo risultato di ingarbugliarsi il cervello. E poi lei aveva una prova in più: l'orale di recupero con l'orrida Avvoltoio Johnson. La prof non le aveva perdonato di essere sparita il giorno dell'inondazione. Da allora aveva escogitato tutti i modi possibili per trovarla impreparata. E qualche volta, quando i suoi *clic* non si erano scatenati, ci era riuscita.

In quella giornata che sarebbe stata perfetta per andarsene in spiaggia, Hoon stava attraversando il parco in bici per tornare a casa, quando all'improvviso adocchiò un tavolaccio di legno con le panchine, di quelli che la domenica si riempiono di famiglie che fanno il pic nic. Le venne voglia di fermarsi lì a studiare. All'aperto non l'aveva mai fatto. Non sapeva se sarebbe riuscita a concentrarsi.

Un pizzico di spensieratezza di Luce. Perché non avrebbe dovuto riuscirci? Un pizzico di decisione di Sid. Voltò la bicicletta e raggiunse il tavolo.

Sistemò i libri in ordine di consultazione e mise in fila le biro. Intanto i suoi pensieri erano rivolti a tutte le cose che avrebbe dovuto fare e di cui le importava molto di più degli esami. Per cominciare avrebbe voluto scoprire se Ares era nascosto sulla Terra come loro credevano. Soprattutto avrebbe voluto sapere dove. L'unico che avrebbe potuto capirlo era Dude. Lei e Luce parlavano con lui tutti i giorni. O meglio. Lo sottoponevano a un interrogatorio in piena regola più volte al giorno. Gli chiedevano di riferire ogni minimo dettaglio sulle sue sensazioni riguardo al rubino di Dioniso. Hoon era convinta che se il loro amico avesse sentito la pietra e avesse capito dov'era, nello stesso posto lei e Luce avrebbero trovato Ares. Ma Dude Morrison non era ancora riuscito a sentire nulla di particolare. A intermittenza aveva percepito la presenza della pietra, a volte gli era sembrata più vicina, a volte meno. Ma non era mai riuscito a dire nulla sulla sua posizione.

Negli ultimi tempi non la sentiva affatto. Ares sembrava scomparso. Non c'era alcuna traccia della sua presenza, nessuna prova che la loro teoria fosse corretta. Di sicuro il Signore della Guerra non era venuto sulla Terra per starsene nascosto. Hoon ebbe l'impulso di chiamare Dude. Con un gesto istintivo prese il Mercur 3000, il cellulare magi-elettronico che le aveva regalato Luce, e cominciò a comporre il numero. S'interruppe e appoggiò il telefono. Dude aveva chiesto due giorni di pausa. Anche lui era alle prese con le ultime prove e voleva studiare.

Esattamente come avrebbe dovuto fare lei in quel momento. Aprì il libro che aveva davanti. Tra le pagine che stava sfogliando trovò una specie di lilium fatto seccare ad arte. Un fiore dell'Olimpo. Un fiore che le aveva regalato Jared. Ecco un'altra cosa che Hoon avrebbe voluto fare invece di prepararsi per gli esami. Stare con Morfeo. Lui era sull'Olimpo. Cercava un posto in cui ricostruire il villaggio della Sinfalide e che non fosse sottoterra. Doveva avvertire tutti coloro che per anni avevano vissuto nascondendosi da Ares che il Signore della Guerra se n'era andato. Quasi ogni sera loro due entravano in contatto mentale e parlavano. Era bello, ma non era come stare insieme. Lei aveva voglia di abbracciarlo.

Insomma, aveva un sacco di cose da fare, ma niente e nessuno la poteva graziare dalle prove finali del giorno dopo. Doveva studiare.

"È l'ultimo sforzo" rifletté. "Da domani sarò libera."

Sull'onda di quei pensieri si concentrò sui polinomi, ma il Mercur 3000 l'avvertì dell'arrivo di un messaggio.

CAMBIA GESTORE TELEFONICO!
PUOI RISPARMIARE COMPRANDO...

Hoon sbuffò. Ci mancava anche la pubblicità importuna! Cancellò il messaggio senza finire di leggerlo. Ma ormai aveva in mano il Mercur. Il giorno dell'inondazione aveva funzionato come faceva sull'Olimpo, mostrandole dov'era Dude. E per l'ennesima volta Hoon cercò di fargli ripetere la straordinaria prestazione. Con una piccola variazione.

— Mostrami dov'è Ares! — gli sussurrò.

E come aveva fatto ogni volta che aveva sentito quella domanda, il super cellulare si spense.

La biro della fortuna

Non c'era troppa gente in corso Pamulk. Faceva ancora piuttosto caldo e i fanatici dello shopping si sarebbero scatenati solo da lì a un'ora.

— È un disastro! — si lamentò Luce. Nonostante fosse riuscita a estorcere al padre una somma di denaro con cui avrebbe potuto rilevare tutte le cartolerie di Rainbow Hill, la caccia alla biro stava andando male, anzi, malissimo!

— Senza quella penna gli esami di domani saranno una tale catastrofe che mi rimanderanno all'asilo!

— Sei superstiziosa? — le chiese Chamirane con un sorriso.

Luce pensò a tutte le volte che Sid e Hoon l'avevano presa in giro per quel motivo.

— Non è superstizione! È la saggezza dell'esperienza — rispose sulla difensiva, pronta a sorbirsi la solita litania che le facevano tutti. Cose tipo: ciascuno è responsabile del proprio destino, buona sorte e mala sorte non esistono, e bla bla bla… Invece Chamirane Groll si mise a frugare nella sua borsetta.

— Questo è il profumo che porta bene con i ragazzi — le spiegò mostrandole una boccettina di latta. Poi continuò: — Quest'altro è il portafoglio che aiuta a trovare quello che cerchi a un prezzo ragionevole, poi ci sono il sassolino antimalelingue e questo fazzoletto verde lo devo tenere nella borsa il giorno prima di ogni verifica. Per gli orali devo anche indossare i miei jeans rossi con la camicetta blu. La vera fregatura sono le interrogazioni a sorpresa: non ho ancora trovato niente per evitare di essere chiamata.

Luce era affascinata. Chamirane era una vera professionista delle strategie anti iattura! E pensare che avevano passato quasi un anno nella stessa classe e lei l'aveva scambiata per una ragazza normale. Simpatica, ma normale. Invece era straordinaria, e lo sembrava ogni momento di più. Le mostrò le scarpe anti-inciampo-di-fronte-a-bei-ragazzi e gli orecchini che favoriscono le amicizie. Evidentemente stavano funzionando alla perfezione. Proprio quel giorno li indossava e loro due si stavano finalmente conoscendo meglio.

All'improvviso il volto di Chamirane si illuminò.

— Idea! Se metti i tuoi soldi nel mio portafoglio, sono sicura che troveremo la tua biro... e anche a buon prezzo!

Pura estasi! Luce non se lo fece ripetere due volte. Lei che era stata Afrodite pensò che i poteri del quarzo rosa che pendeva dalla sua collana impallidivano di fronte all'armamentario benaugurante dell'amica.

— Dobbiamo uscire insieme più spesso noi due! — cinguettò.

Le ragazze stavano ancora percorrendo il corso, scambiandosi consigli sulle tattiche antiscalogna, quando Chamirane prese a saltellare come un'ossessa. Invece di pronunciare parole con un qualunque tipo di significato, emise una serie di trilli acuti molto simili a quelli di una sveglia guasta. Luce era quasi imbarazzata, ma non poté fare altro che guardare nella direzione indicata dal dito puntato dell'amica. Il suo sguardo finì dritto sulla vetrina di una cartoleria su cui splendeva, o almeno così sembrò a lei, un cartello giallo con la scritta SVUOTA TUTTO. E non si trattava di un normale negozio. Era la più fornita, la più incredibile, e di solito anche la più cara, rivendita di gomme, matite, penne, quaderni e gadget che ci fosse a Rainbow Hill, sulla Terra o nell'Universo, mondi paralleli compresi.

Luce prese Chamirane per un braccio, si fiondò nel

negozio a velocità ultrasonica. Si accorse che la cartoleria era più affollata del corridoio della scuola trenta secondi dopo lo squillo della campanella e si buttò nella mischia.

— Tu controlla a destra — ordinò. Si tuffò a sinistra e incassò una gomitata nello stomaco da una tizia e un pestone sul piede da un bambino.

Mentre scansionava ogni millimetro degli scaffali, fu presa da un atroce dubbio. Il portafoglio portafortuna l'aveva tenuto Chamirane, che si trovava dall'altra parte del negozio. E se il suo influsso benefico fosse stato troppo lontano per funzionare? E se avesse fatto trovare qualcosa di meraviglioso all'amica, ma niente a lei?

No, non era possibile! I suoi soldi erano in quel portafoglio e tutto sarebbe andato alla perfez... Eccola! Sul terzo ripiano arancione a sinistra dall'alto... la biro della fortuna!

Unico esemplare in un cestino pieno di penne, pennelli e pennarelli di ogni colore, genere e dimensione. Non c'era un attimo da perdere. Luce fendette la folla senza curarsi di rendere a incolpevoli sconosciuti i colpi che aveva ricevuto poco prima.

Arrivò di fronte al ripiano arancione, alzò il braccio e allungò la mano. Una nuova biro della fortuna stava per essere sua. La afferrò dalla parte della punta, quando...

Un'altra mano, grinzosa e ossuta, l'afferrò dalla parte della coda.

Senza mollare la presa, Luce alzò gli occhi. E incrociò lo sguardo di una signora che avrebbe potuto essere la sua bisnonna. Ma che al contrario di lei aveva due occhiacci cattivi. La fissava con un'espressione da iena.

— L'ho vista prima io, signorina — sibilò la tizia. Il modo in cui aveva pronunciato quella frase aveva fatto sembrare la parola "signorina" qualcosa di simile a un insulto. Luce non mollò la presa. Se si fosse trovata davanti una dolce vecchietta, avrebbe ceduto subito, anche se la biro era così importante. Ma il perfido sguardo di quella donna glielo impedì.

— Si sbaglia — mormorò Luce. Ebbe l'impressione che lei e la tizia fossero rimaste sole nel negozio. Non c'erano più né il brusio della folla, né le grida delle commesse che cercavano di accontentare tutti e rispondere a venticinque richieste alla volta. C'erano solo la mano ossuta della signora e la sua, che si contendevano la biro.

A Luce sarebbe bastato pochissimo. Doveva usare i suoi poteri e chiedere alla signora di lasciare la penna, o di andarsene. Ma non era certa che la cosa avrebbe funzionato. Sospettava che la volontà della tizia, o il suo astio, fossero più forti di qualsiasi cosa, anche dei suoi poteri di dea.

— Lasci quella biro, signorina — sibilò di nuovo la sconosciuta.

Luce la guardò negli occhi. All'improvviso la signora mollò la presa, le voltò le spalle e si diresse verso l'uscita del negozio.

Lei rimase interdetta. Sapeva benissimo di aver deciso di usare i poteri, ma era anche abbastanza certa di non averlo ancora fatto. Era stata sul punto di sbattere le ciglia, ma non l'aveva fatto. Una cosa del genere non le era mai successa. A volte, sull'Olimpo, si era trovata in difficoltà nel gestire i poteri di altri. Mai i suoi.

— Te l'avevo detto che il mio portafoglio non sbaglia un colpo — ululò Chamirane, andandole incontro. Luce si lasciò immediatamente contagiare dal suo entusiasmo. Con i soldi che avevano e le offerte che c'erano, erano entrambe entrate nell'ordine di idee di fare gran razzie in quella cartoleria. Comprarono di tutto e Luce scoprì che lei e Chamirane erano una coppia formidabile.

Pitone affamato

In alto, in cima alla collina, divampava la Fiamma Nera di Artemide, il nuovo centro vitale dell'Olimpo. A terra, in mezzo ai camini di roccia, c'erano picche, mazze, spade, lance, daghe e archi.

— Scegline una e difenditi, dea — sibilò il ragazzo delle armi tenendole puntati addosso i suoi penetranti occhi nerissimi. Brandiva una lingua di bue, una spada corta dalla lama triangolare, decorata in oro e con l'elsa d'ottone. La faceva oscillare con finta noncuranza, ma si vedeva lontano un chilometro che era prontissimo ad attaccare. O almeno lo vedeva Sid. Fece saettare lo sguardo sulle armi ammucchiate e afferrò al volo una daga. Nel momento in cui mise mano all'impugnatura, notò con la coda dell'occhio che Soter alzava la spada pronto a scaricare un fendente. Lei non si fece cogliere di sorpresa. Saltò indietro in modo che il colpo del rivale andasse a vuoto e lui perdesse l'equilibrio. A quel punto lanciò il suo attacco. Con Soter sbilanciato in avanti le fu fin troppo semplice appoggiargli la punta della daga alla schiena.

— Cinque a tre — mugugnò. Poi abbassò l'arma. Per lei l'incontro era terminato.

Non l'avesse mai fatto! Soter balzò in avanti, le diede una gomitata allo stomaco, roteò su se stesso e le puntò alla gola la lingua di bue.

— Quattro pari — sibilò. — E d'ora in poi le perderai tutte. Ho capito come combatti, dea. Segui troppe regole.

— Mi hai fatto male. Non respiro — piagnucolò Sid. Si piegò in due e allontanò con la daga l'arma dell'avversario. Portò la mano libera allo stomaco. Emise un lamento. Si accorse che Soter era imbarazzato ed emise un altro lamento, più forte e più addolorato.

— Ti facevo più robusta, dea! — esclamò lui allargando le braccia. Sid colse l'attimo che si era guadagnata con la finta. Scaricò una fianconata sull'arma dell'avversario e lo disarmò. Una frazione di secondo dopo gli puntava la daga alla gola.

— Mi facevi solo più stupida. Non è così difficile vincere barando. Cinque a tre! — grugnì a denti stretti. — E devi dirlo anche tu.

Soter tentò un diversivo, ma Sid non si lasciò ingannare. Mantenne la daga sotto il mento del ragazzo.

— Come vuoi! Te la do vinta! — la provocò lui con un sorriso senz'anima.

— Non ci provare! Cinque a tre che tu me lo conceda o meno. Ma se non lo ammetti restiamo così fino a domani — ribatté lei.

— Non sei un tipo che molla, vero? — chiese Soter con un tono di voce che sembrava sottintendere un'accusa.

— Dillo. — Sid non aveva nessuna intenzione di cedere a quel genere di giochetti.

— D'accordo, dea. Cinque a tre. E adesso pausa.

— Pausa. Ma piantala di chiamarmi dea con quel tono. — Sid abbassò la daga, ma questa volta tenendo gli occhi puntati su Soter. Lui non tentò nulla. Le voltò le spalle e andò a ungere la lingua di bue.

Sid gettò la daga nel mucchio. Si mise a osservare quell'ammasso di armi bianche e sbuffò. Ormai le aveva provate tutte. Non si era trovata male con nessuna. Ma le armi che un tempo era in grado di creare con l'ossidiana, la pietra con i suoi poteri di dea, erano tutta un'altra cosa. Non si era pentita di aver gettato la sua pietra nel braciere per ricostituire la Fiamma Nera. In quel modo aveva dato all'Olimpo la possibilità di continuare a esistere. Anzi, di rinascere splendido come in passato.

Ma non poteva fare a meno di sentire la mancanza dei poteri perduti. Riusciva ancora a combattere, certo, ma era diverso. Usare le armi create con l'ossidiana era come percorrere una strada nota verso una direzione conosciuta. Come andare da casa sua a quella di Luce o di Hoon a Rainbow Hill. Battersi con un'arma qualunque era come camminare per le vie di una città mai vista, per raggiungere una meta ignota. Non era escluso che potesse arrivarci, ma era molto, molto più complicato.

Lei che era stata Artemide non aveva più nulla che la legasse al suo passato di dea. E aver cominciato ad abitare nella Sinfalide subito dopo aver perso i poteri le sembrava una crudele ironia.

— Non hai ancora trovato niente che ti piaccia, vero? — le chiese Soter senza smettere di affilare la spada che aveva in mano.

— Non esattamente, ma andrà bene qualsiasi cosa — rispose lei senza entusiasmo.

Senza guardarla negli occhi, Soter le porse la lingua di bue. — Tieni questa intanto. Dammi un po' di tempo e troverò qualcos'altro.

— E dove credi di trovarle, altre armi? — chiese lei facendo roteare quella che aveva in mano.

— Niente domande — sbuffò lui.

Sid tirò due fendenti per valutare la maneggevolezza

della spada. Non era male. L'impugnatura era adatta alla sua mano e il peso ben distribuito. Non l'aveva creata con i suoi poteri e non era la sua, ma poteva andare. Per il momento.

— Difenditi! — gridò Soter.

Per un soffio Sid riuscì a parare l'attacco del ragazzo. Troppo occupata a controllare l'arma, l'aveva perso di vista per qualche secondo di troppo.

— Tua madre ha bisogno di te, Sidney. Subito!

Sid trasalì e interruppe lo scontro. Non si era accorta dell'arrivo del padre e sentire quel tono severo nella sua voce le fece provare un brivido.

— Cos'è successo? — domandò.

— Ne parliamo dopo — tagliò corto Auron, lanciando un'occhiataccia in direzione di Soter.

***

L'alloggio di Auron, rischiarato dal blu della luminescenza di Eos, le era sempre sembrato un posto accogliente. Lui le aveva sempre parlato con voce profonda e dolce. Il suo sguardo oltre la maschera d'oro era sempre stato tenero e comprensivo.

Ma in quel momento era tutto diverso. La sala era gelida, la voce del padre tagliente e il suo sguardo severo.

Anche Gail sembrava cambiata. A Rainbow Hill sua madre si era sempre fidata ciecamente di lei. Che si trattasse di comprare una zuccheriera nuova o di valutare decisioni importanti, aveva sempre chiesto la sua opinione su tutto. Ma non ora. In quel momento se ne stava in disparte come se non sapesse che posizione prendere.

Tra Sid e il padre era calato un silenzio gelido e carico di accuse.

— Te l'avevo detto chiaramente. Non voglio che tu abbia a che fare con quel tizio. È inaffidabile! È falso! Ed è pericoloso! — tuonò Auron.

Sid non gli rispose nemmeno. Sbuffò e si mise a guardare il soffitto.

— Hai capito quello che ti ho detto?

Sid si concentrò sul soffitto.

Auron scattò in piedi. — Vivo qui da molto tempo e nessuno, dico nessuno, si fida di Soter. Tempo fa è scomparso per mesi. Poi è tornato. Da allora sparisce per lunghi periodi e sai perché? Traffica con gli scherani di Ares. Tauri e Lykaon sono i suoi migliori amici. Se solo tu conoscessi tutte le storie che raccontano sul suo conto…

— Appunto… storie — sbottò Sid.

— Non fare giochi di parole con me!

Auron sembrava aver smarrito la solita calma. Sid lo vide avvicinarsi a lei in modo da interrompere il suo contatto visivo con l'interessantissimo soffitto. Abbassò lo sguardo e incrociò quello della madre. Dolce. Almeno quello non sembrava troppo cambiato.

— Io sono qui da troppo poco tempo per sapere cosa è meglio, ma forse potreste cercare tutti e due di ascoltare quello che dice l'altro — mormorò Gail.

— Se lei mi avesse ascoltato, non si sarebbe allontanata dal villaggio insieme a quel tizio. Parlano di strani movimenti di Lykaon e Tauri là fuori. Sicano ha dato l'ordine di non far uscire nessuno. Nemmeno Sid.

Lei sbuffò di nuovo. — Non mi risulta che Morfeo sia qui al villaggio! — grugnì, sapendo che il padre non avrebbe potuto controbattere.

— Guarda che nemmeno Luce e Hoon si fidano del tuo caro amico — le esplose in faccia Auron.

Sid alzò gli occhi al cielo. Hoon e Luce che parlavano con suo padre alle sue spalle?! Non era credibile. — Raccontala a qualcun altro — tagliò corto lei. Non ne poteva più di quella predica, ma Auron non sembrava intenzionato a mollare. Sid si alzò e si avviò verso la porta.

— Luce lo trova affidabile come un pitone affamato e Hoon non gli volterebbe le spalle — le urlò dietro il padre.

Sid sentì un brivido. Negli ultimi tempi "affidabile come un pitone affamato" era una frase tipica di Luce. Auron non poteva averla inventata!

Agonia

Lo spettrale silenzio della grotta sommersa era scandito dallo sciabordio delle onde sulla roccia. Un rumore fastidioso. L'odore intenso di iodio e salsedine stava diventando così insopportabile da annebbiargli la vista.Ares si appoggiò alla parete di roccia. Ebbe l'impressione che fosse composta da schegge di vetro pronte a insinuarglisi tra le ossa della mano. Trasse un lungo sospiro. Posò a terra lo scudo con le pietre dei superiori. Era pesante. Troppo pesante.

Quelle pietre dagli immensi poteri sembravano irridere il suo corpo consunto. Scintillando, lo deridevano la corniola di Efesto, lo smeraldo di Apollo, l'acquamarina di Poseidone, l'ambra di Demetra, il turchese di Ermes, il diamante di Zeus e l'opale di Era. Il rubino rossastro di Dioniso, che conteneva le stille dei poteri di Afrodite,

Artemide e Atena, non c'era. Era custodito in uno scrigno di bronzo che gli impediva di irradiare il suo potere. Lo stesso mortale che lui aveva usato per sottrarre le stille alle dee poteva sentirne la voce nascosta. Ares non gli avrebbe permesso di ascoltarla di nuovo, almeno finché non gli fosse stato utile.

— *Mio signore!* — la voce di un Lykaon dall'Olimpo echeggiò nella sua mente.

— Cosa vuoi? — ruggì Ares.

— *Gli eserciti sono quasi pronti!* — squittì il suo scherano con un tono irritante. Come se si aspettasse un plauso speciale solo per aver eseguito gli ordini.

Ares non gli rispose. Lui era il Signore della Guerra. Lui era riuscito a sovvertire il destino di dei e mondi. Nonostante l'opposizione dei suoi nemici, era riuscito a impossessarsi della Fiamma d'Oro. L'aveva sradicata dall'Olimpo, trasportata sulla Terra e fatta sua.

Guardò la fiamma che scintillava nel braciere in mezzo all'isolotto circondato dal mare e irradiava l'acqua di bagliori intermittenti. Non era più debole, né trasparente. Si stava ancorando alla Terra e crepitava di nuovo vigore. Le sue lingue di fuoco, ora incolori, ora purpuree, non arrivavano ancora a lambire il soffitto della grotta. Ma ormai gli erano vicinissime.

— *Mio Signore?* — di nuovo il lamento del Lykaon

implorante. Se fosse stato lì, Ares gli avrebbe spaccato la testa.

— *Posso comunicarvi la grandiosa notizia?* — Nonostante il tono della voce del suo servitore fosse irritante, quelle parole accesero la sua curiosità.

— Sbrigati! — ruggì Ares.

— *La dea Artemide è qui. Priva dei suoi poteri. Sappiamo come trovarla.*

— Occupatevi di lei e procedete con gli attacchi — tuonò Ares. Escluse dalla mente il contatto con il suo schiavo. Anche quello gli costava fatica. Ma almeno sull'Olimpo le cose andavano come dovevano. Al contrario di quello che stava succedendo lì.

Ares si era aspettato che sulla Terra il suo corpo consunto sarebbe tornato forte com'era stato. Era successo il contrario. Il potere della Fiamma d'Oro e quello delle pietre degli dei che lo avevano odiato e combattuto stavano diventando insostenibili. Lo stavano logorando. Quello che rimaneva del suo corpo si stava facendo instabile e malfermo.

Avrebbe dovuto essere un periodo di conquista e gloria. Invece si stava trasformando in un doloroso percorso di agonia.

***

La sera nella Sinfalide era tiepida. I fiori del glicine arrampicato sulla parete di roccia erano più profumati che mai. Sid era in camera sua. O meglio, era nel cortile che aveva trasformato nel suo alloggio. Aveva montato una tenda di lana che proteggeva i mobili di giunco e l'aveva attaccata alla parete in fondo. Il pavimento all'interno era ricoperto di cuscini di mille colori diversi. Sotto il più grosso, quello rosso fuoco, erano nascoste la lingua di bue e un paio di pugnali. Lì suo padre non avrebbe mai guardato… o per lo meno non lo avrebbe fatto fino a poco tempo prima. Adesso era diverso. E Sid sapeva che tutto era cambiato in un momento preciso. Nell'attimo in cui lei aveva perso i poteri.

Che abituarsi alla loro mancanza sarebbe stato difficile, l'aveva previsto. Mai si sarebbe aspettata che con i suoi poteri sarebbe venuta meno anche la fiducia di Auron. Lui aveva creduto ciecamente in Artemide, ma non riusciva a fare altrettanto con Sid. Ogni giorno si mostrava più severo. Le dava ordini su ordini e si aspettava obbedienza cieca e istantanea.

Non l'aveva mai fatto, prima.

A pensarci, Sid si stava arrabbiando davvero. Odiò quello che era stata, quello che era diventata e anche Auron e Gail. Persino Hoon e Luce, che avevano tramato con suo padre alle sue spalle. Questa, forse, era la cosa che la faceva infuriare di più. Non poteva più contare su niente e nessuno. I suoi poteri, i suoi genitori e le sue amiche. Tutto perduto. Soter era un mistero. Ma non era per lui che era così arrabbiata con suo padre. O almeno, non solo.

La totale mancanza di fiducia di Auron la mandava in bestia. Non le aveva mai chiesto la sua opinione sul ragazzo, non le aveva chiesto perché desiderasse tanto trovare un'arma. Aveva solo cercato di impedirle qualsiasi mossa: di vedere Soter, di possedere un'arma e di andare a ispezionare la Città degli Dei.

Non si sarebbe comportato in quel modo, prima.

— Ti ho cercato dai tuoi. Non ceni con loro? — la voce di Glauce che entrava nella tenda interruppe i suoi pensieri.

— Non ho voglia di vederli, soprattutto mio padre — le rispose Sid, invitandola con un gesto a sedersi sul cuscino vicino al suo.

— Non prendertela così tanto — sussurrò Glauce scaricando lo zaino. Estrasse quattro porzioni di izalum, sfoglie ripiegate e farcite con il frutto dell'Astorion. Il miglior piatto dell'Olimpo, con un sapore squisitamente simile a quello di una crêpe al cioccolato.

Sid afferrò l'involto che le porgeva l'amica. — Se volevi tirarmi su di morale ci sei riuscita!

— Auron è solo troppo spaventato, soprattutto da quando sono state avvistate schiere di Lykaon e Tauri aggirarsi lontano dalla Città degli Dei. Ha paura che tu faccia qualcosa di troppo temerario e ti cacci nei guai senza che lui possa aiutarti. Ti vuole bene.

— Mi tratta come se fossi una bambina di tre anni. Così non mi è di nessun aiuto — mugugnò Sid.

— Infatti non ti sto dicendo di fare come vuole lui. — Glauce le strizzò l'occhio con aria complice tanto che Sid si mise a ridere. — Valuta le buone intenzioni e ignora i pessimi risultati!

Sid pensò che Glauce non aveva tutti i torti. E forse, se i suoi poteri non le fossero mancati così tanto, lei non si sarebbe lasciata intimidire dall'atteggiamento di Auron. Ma per il momento era davvero troppo arrabbiata con lui.

— Cosa sai di Soter? — chiese, pensando a ciò che avevano detto Hoon e Luce.

— Quello che ti ho detto quando te l'ho fatto conoscere. A volte ha un pessimo carattere. Come avevi detto tu, non è un tipo espansivo. Lui e tuo padre non sono mai andati d'accordo, ma questo non mi impedisce di essere legata a entrambi.

Sid ripensò al suo primo incontro con il ragazzo. Non le era sembrato simpatico e l'aveva presa subito di punta. Ma a lei servivano le armi che poteva procurarle. Luce e Hoon l'avevano incontrato un paio di volte e Soter era stato terribilmente scontroso. Forse era comprensibile che dubitassero di lui, meno che ne avessero parlato con Auron e non con lei. Adesso però non le sembrava più così grave. E a pensarci bene, loro due non sapevano ancora delle manie vietatorie del padre. Forse per loro non era altro che un alleato sull'Olimpo. Sid decise che con Hoon e Luce sarebbe stato sufficiente chiarirsi.

Senza dubbio il ragazzo delle armi era strano. Non la guardava mai negli occhi a meno che non si stessero battendo. E la cosa a lei non dispiaceva affatto, perché le rare volte che i loro sguardi si erano incrociati, era come se lui la guardasse troppo. Sembrava che tentasse di sondarla o di leggerle il cervello. Camminava rasente i muri come se il suo scopo fosse quello di rendersi invisibile. E spesso ci riusciva. Quando la cercava le sbucava davanti all'improvviso. E aveva quello strano modo di sorridere. Lo faceva solo con la bocca, ma gli occhi raccontavano tutta un'altra storia. Di diffidenza, forse rabbia e qualcos'altro che lei non poteva comprendere.

Tra questo ed essere una spia di Ares, però, c'era una bella differenza. Ma per qualche motivo che nemmeno Sid riusciva a capire, con nessuno stava bene come con lui. Quando combattevano, lei riacquistava fiducia in se stessa. Lui non la proteggeva, non le faceva sconti. Le si buttava addosso con tutta l'intenzione di metterla ko. Poi se ne rese conto. Se a parole lui la chiamava dea per prenderla in giro, era l'unico che la trattava come se lo fosse ancora.

L'ultimo sforzo

Luce scrisse l'ultima frase e mise il punto. Soddisfatta, appoggiò la nuova biro della fortuna sul banco. Prese il foglio con la verifica, si alzò e lo portò al professore.

— L'ultima a consegnare, Grimaldi?

— L'ultima a consegnare l'ultima prova dell'anno. Volevo godermi il momento — specificò lei con un sorriso.

Tornandosene al banco, notò il brusio sommesso che c'era in classe. Hoon e Fred Rinoir, che si dovevano giocare ancora l'interrogazione di letteratura con Avvoltoio Johnson, erano gli unici con la testa sui libri. Solo per loro quell'anno scolastico sarebbe durato ancora un'ora. Per tutti gli altri stava per finire. Avevano già rifatto gli zaini e tenevano gli occhi puntati sull'orologio alle spalle del professore. Mancava poco, anzi pochissimo, allo squillo della libertà.

Rapida e silenziosa, Luce fece scivolare nella borsa tutta la sua roba. E anche lei cominciò ad aspettare. Secondi lunghissimi, scanditi dalla lancetta che ticchettava. Il prof compilava il registro.

Mezzogiorno e mezzo in punto. Il brusio cessò. Rimase solo l'attesa. Così intensa da riempire l'aula e ciascuno degli studenti – tranne Hoon e Fred – fino a farli esplodere.

Il tempo passava, ma non succedeva niente. Mezzogiorno e trentun minuti. Tutti gli allievi tirarono il fiato e smisero di respirare. Tutti tranne Hoon e Fred. Loro studiavano. Il professore li fissava con aria divertita.

Silenzio totale. Il tempo passava inesorabile. Non stava succedendo niente. Ma stava sicuramente per succedere. Come ogni ultimo giorno di ogni anno scolastico che Luce aveva passato sui banchi, la classe era immersa in quella strana atmosfera fatta di ansia da promozione, voglia di divertimento e sogni di vacanze grandiose. Il tutto condensato in pochi secondi di muta apnea. Poi successe.

L'agognato squillo della campanella fece scoppiare il caos. Ragazzi e ragazze scattarono in piedi. Ululati, grida di gioia, seggiole che cadevano, cartacce che volavano, banchi spostati. Persino Hoon e Fred si staccarono dai libri per una frazione di secondo. Il professor Kowalasky ridacchiò.

— Buone vacanze, ragazzi.

— Alla festa, stasera?

— Io no! Parto per il mare alle due!

— Per tre mesi non aprirò più libro!

— Né quaderno né bloc notes.

Un gruppo di studenti si era già precipitato alla porta, ma qualcuno l'aprì dall'esterno.

— Fermi! — gracchiò Avvoltoio Johnson paralizzando gli studenti pronti a scattare verso le vacanze. — Song e Rinoir devono essere interrogati e tutti voi sarete testimoni. Chi avesse intenzione di rifiutarsi, sappia che avrà un voto negativo.

Luce non poté fare a meno di notare che persino il professor Kowalasky alzava gli occhi al cielo.

E mentre i suoi compagni tornavano al loro posto mugugnando lamenti o insulti irripetibili, prese il cellulare e scrisse a Dude.

Siamo bloccati in classe.
Ci vediamo nel pomeriggio.

— Spegni quell'aggeggio, Grimaldi, o interrogo anche te! — gracchiò la Johnson.

Luce schiacciò il tasto di invio, mise il telefono in modalità silenziosa e lo fece sparire nella borsa.

Si voltò verso Hoon che continuava a controllare gli appunti. Sembrava concentratissima.

— Vai tranquilla. Sei preparata e puoi contare sui tuoi *clic* — le mormorò.

Lei biascicò qualcosa, poi alzò lo sguardo. Per un attimo Luce ebbe l'impressione che i suoi occhi si fossero accesi di luce viola, come le succedeva quando combatteva sull'Olimpo.

— Song! Rinoir! Venite alla cattedra o avete bisogno di un invito scritto? — gracchiò la Johnson.

— In bocca al lupo — mormorò Luce.

— È un augurio stupido — le rispose Hoon mentre si alzava. — Non vedo perché l'idea di essere sbranati dovrebbe portarmi bene.

"Accidenti! Non l'ho mai vista così tesa" pensò Luce.

***

In piedi di fronte alla cattedra, Hoon si sentì confusa. Le sembrava che ogni minimo sforzo, fisico o mentale, le richiedesse un'energia sovrumana. Elaborare un pensiero o muovere una mano le parevano missioni impossibili. Fred Rinoir la guardò in cerca d'aiuto. Lei non fu in grado di darglielo. C'era qualcosa di pesante, attorno a lei, che le riempiva la testa. Ma non riusciva a capire cosa. Le sembrava di aver risposto bene alle prime domande, poi era cominciata quella strana sensazione di pesantezza. Aveva anche l'impressione che l'interrogazione di… come si chiamava… be', del suo compagno, fosse stata un disastro.

— Song, parlami dell'*Ode Sublime*.

Hoon aprì la bocca per rispondere e rimase immobile. C'erano così tante cose nel suo cervello che non riusciva a trovare quella che le sarebbe servita per la risposta.

— Song, hai capito cosa ti ho chiesto?

Hoon annuì.

Clic

— Uno starnuto umano può emettere quarantamila goccioline.

Una risata spietata echeggiò nella classe. La Johnson fece una smorfia disgustata.

— Song, se non sai la risposta, risparmiami il tuo spirito.

Hoon si sentì esplodere in testa una raffica di *clic*.

— Le goccioline degli starnuti raggiungono la velocità di trecentoventi km all'ora.

Hoon stava straparlando e lo sapeva, ma non riusciva a bloccare quell'orrendo flusso di informazioni che le vorticavano nel cervello. Una tempesta assolutamente incontrollabile.

— I peli del bue muschiato arrivano quasi al metro di lunghezza.

— Song, vedi di finirla e parlami delle *Satire* di Orazio — la voce della prof Avvoltoio sovrastò la confusione dei *clic* e le risate dei suoi compagni. Ma per poco.

Clic

— Una pulce può saltare una lunghezza pari a 350 volte il suo corpo.

***

Altra smorfia della Johnson e controcanto di risatine. Luce non poteva sopportare quello strazio. La prof era a un soffio dallo spedire Hoon al posto. Anzi. Era strano che non l'avesse già fatto e che non le avesse rifilato un voto inferiore allo zero. Forse voleva vedere fin dove la ragazza osasse spingersi. Ma l'unica cosa certa era che Hoon, per qualche cavolo di motivo, aveva perso il controllo sul suo cervellone. Forse l'ansia le aveva giocato un brutto scherzo.

Luce doveva intervenire. Cercò di intercettare gli occhi della prof, ma quella li teneva puntati su Hoon. Si voltò verso i suoi compagni. Doveva usare i suoi poteri. Catturare lo sguardo di qualcuno in modo da fargli fare qualcosa di talmente esagerato e stupido da interrompere lo scempio. Ma nessuno la guardava.

— Non oso immaginare cosa mi risponderai se ti chiedo di Publio Ovidio Nasone... — gracchiò la Johnson.

Luce sentì un brivido, aspettandosi la nuova sparata di Hoon. Invece udì un tonfo alle sue spalle. Chamirane Groll era appena saltata sul banco rovesciando la seggiola.

— Nasone! Che nome! — sghignazzò.

— Groll, fai almeno finta di essere una persona civile — sbottò feroce la prof.

Per tutta risposta la ragazza si fece prendere da un attacco convulso di risate e cominciò a battere i piedi. Henry, Ramon e Ginevra la imitarono. Tre salti sul banco, tre seggiole rovesciate e sghignazzi a raffica. La prof scattò in piedi.

— Basta!

Qualcuno si mise a ululare. La Johnson a gracchiare improperi. Un aeroplanino di carta, decollato da chissà dove, le rimbalzò sulla lente sinistra degli occhiali. Jane Warton lanciò la sua cartella in direzione di Roxana Mejad e le colpì una caviglia. Lei si mise a saltellare in tondo attorno al banco.

Luce era esterrefatta. Aveva pensato di ordinare l'inizio di un tumulto totale per interrompere l'interrogazione di Hoon, ma non le sembrava di averlo fatto davvero. Come il giorno prima non le era sembrato di ordinare alla vecchia signora di mollare la presa sulla biro. Ma forse l'aveva fatto.

Fred Rinoir, che di solito diceva e faceva solo quello che gli avrebbe ingraziato un prof, prese la rincorsa e andò a schiantarsi di proposito contro la lavagna. Un botto tremendo. Lui si mise a ridere come una bertuccia e iniziò a lanciare gessetti. Priscilla Venom si soffiò il naso nella sua stessa gonna.

— Votaccio per tutti e nota di classe — urlò la Johnson che nel frattempo si era fatta paonazza. — E passerete tutta l'estate a studiare letteratura.

La minaccia sortì l'effetto contrario a quello che la prof si aspettava. Fu come se gli allievi fossero stati costretti a triplicare gli ululati e quadruplicare salti, urla, e lanci. Hoon continuava imperterrita a sparare informazioni a vanvera. Fred diede l'ennesima testata alla lavagna, divertendosi come mai in vita sua.

Solo Luce era immobile. Possibile che a scatenare tutto quel disastro fosse stata lei?

***

Il processo era compiuto. La Fiamma d'Oro sfavillò accecante, gigantesca e potente. Le sue lingue di fuoco arrivarono al soffitto della caverna. Si era appena radicata alla Terra e ne era diventato il centro vitale. Quel mondo era cambiato per sempre e sarebbe stato pronto ad accogliere il suo dominio.

Ares avrebbe voluto godere del suo trionfo come meritava, ma quel suo corpo troppo antico l'aveva tradito e non glielo permetteva.

Però c'erano gli umani. Creature inferiori il cui unico scopo era quello di servire gli dei. O diventarne il nutrimento. E come era successo più di una volta in passato, si sarebbero immolati per sua gloria.

Il Signore della Guerra si rese conto che la vista gli si stava annebbiando. Presto avrebbe dovuto servirsi di nuovo del suo servo mortale, ma gli avrebbe impartito gli ordini più tardi. Prima dello schianto finale doveva riposare.

Chiacchiere alla trapeza

Sid e la madre erano sedute una di fronte all'altra ai due lati di uno dei tavoli della trapeza, la cosa più simile a un bar che si potesse trovare nella Sinfalide.

— Vorrei che tu tornassi a cenare con noi. Io cercherò di convincere tuo padre a non tormentarti, ma tu parla con lui — le suggerì Gail.

— Per sentirmi rifilare l'elenco commentato dei divieti? No, grazie — sbuffò Sid. Si sistemò sulla panca e sperò che la madre fosse veramente dalla sua parte come sembrava.

— Mamma... ti fidi di me? — le chiese.

Gail spalancò gli occhi come se avesse sentito la domanda più folle del mondo.

— Più che di me stessa, anche se conoscendomi questo potrebbe non sembrarti granché.

Sid si sentì sollevata. Se non fossero state in pubblico, l'avrebbe abbracciata.

Gail armeggiò un po' con le pedine del Paighnion. Ne mosse un paio. Poi cambiò idea e le rimise al loro posto.

— Tuo padre è soffocante, ma sta cercando di proteggerti. Esattamente come hai fatto tu con me non dicendomi di questa tua altra vita quando eravamo a Rainbow Hill. Avrei potuto offendermi per la tua mancanza di fiducia, ma ho preferito apprezzare la tua decisione come un atto d'amore nei miei confronti. Quindi non credere che David… che Auron non si fidi delle tue scelte.

— Non è proprio la stessa cosa — mugugnò Sid.

— È sempre e solo una questione d'amore — aggiunse Gail. Poi sollevò una pedina con aria pensosa. — Questo gioco non lo capirò mai — borbottò.

— Stasera ceno con voi — sussurrò Sid. — Ma lo faccio solo per te.

La madre le sorrise. Aspettando la sua mossa, Sid si guardò in giro. Gli altri presenti sembravano di buon umore. Chiacchieravano ad alta voce da un tavolo all'altro. Da quando Ares se n'era andato, la gente era molto più allegra. Era come se tutti fossero pieni di speranze e voglia di novità. C'era chi voleva rimanere nel villaggio sotterraneo, chi voleva costruirne uno all'aperto. Grandi speranze e ancor più grandi progetti.

Nella trapeza entrò un caotico gruppo di persone, per lo più adulti. Ciascuno di loro la salutò con rispetto e rivolgendosi a lei come Artemide.

— Mi fa una strana impressione sentirti chiamare in quel modo — brontolò Gail senza sollevare la testa dalla plancia.

Fu allora che Sid vide un'ombra nell'angolo in fondo, dove la luminescenza di Eos era più fioca perché le pareti di roccia erano coperte da scaffali e armadi. Mise a fuoco la figura. Soter le stava facendo segno di raggiungerlo in fretta.

— Scusami un secondo — disse alla madre. Si alzò e Gail sollevò la testa dal gioco. Mentre attraversava la sala e si avvicinava al ragazzo delle armi, Sid si sentiva addosso i suoi occhi.

— Ho saputo di un posto in cui ci sono armi che noi ci potremmo solo sognare. Vuoi venire? — le chiese lui.

Sid sussultò. Certo che voleva andare… ma c'era Gail che la fissava. E Hoon e Luce sarebbero potute arrivare da un momento all'altro. A occhio e croce avrebbero dovuto aver finito con gli esami e nel giro di poco l'avrebbero raggiunta. Aveva voglia di chiarire il malinteso che c'era stato con loro, ma la possibilità di trovare l'arma giusta era più forte di tutto. E poi… Auron le aveva vietato di stare con il ragazzo delle armi. Dal suo punto di vista, un ottimo motivo per farlo. E magari sarebbe riuscita a scoprire qualcosa di più sul conto di Soter.

— Se non ti va, puoi... — cominciò il ragazzo, ma lei l'interruppe.

— Andiamo! — decise infine e si voltò verso Gail. Vide che aveva un'espressione tesa e preoccupata. La guardò dritto negli occhi cercando di porle nuovamente, solo con lo sguardo, la stessa domanda che le aveva fatto prima a parole: "Ti fidi di me?"

Gail annuì e le sorrise. L'aveva fatto a fatica, ma l'aveva fatto. Sua madre non era cambiata. Poteri o no, credeva davvero in lei. Come sempre.

Sid le mandò un bacio, le voltò le spalle e seguì Soter.

***

Camminavano da un bel pezzo. Senza dare troppe spiegazioni, Soter non aveva voluto prendere un leucrota. Lei non aveva insistito. Alla stalla poteva esserci Auron.

— Manca molto? — chiese.

— Dipende da quanto sei stanca, dea!

Come al solito, il ragazzo aveva svicolato la domanda con una battuta e il suo sorriso senz'anima. Ottenere una risposta vera da lui era impossibile. Sid ci rinunciò e istintivamente portò la mano alla lingua di bue. Era l'unica condizione che aveva posto. Non sarebbe uscita dal villaggio senza un'arma e così erano passati a prenderla nel suo alloggio.

Mentre si inoltravano nel bosco che stavano attraversando, Sid non riusciva a capire le strane sensazioni che la investivano. I suoi sensi sembravano accentuati. Era come se i colori dei tronchi degli alberi, delle foglie e dei cespugli fossero più intensi del solito. Come se volessero staccarsi dagli oggetti a cui appartenevano per entrarle negli occhi. Le sembrava che ogni sasso, ogni filo d'erba e ogni pezzo di corteccia pulsassero per farsi notare. L'odore misto di legno, foglie e terra le si avventava addosso. Era un profumo vitale che Sid non aveva mai sentito, se non di recente, sull'Olimpo. Mille suoni diversi si accavallavano uno sull'altro: scricchiolii, versi di animali, il rumore dei loro passi sull'erba, l'acqua del fiume che scorreva. Ma insieme componevano una specie di musica, che forse esisteva solo per lei.

Non era la prima volta che provava quell'accumulo di sensazioni. Da quando viveva nella Sinfalide le succedeva abbastanza spesso e le piaceva. Ma in qualche modo cercava di resistere a quello che vedeva e sentiva. Era troppo intenso. Pensò che avrebbe dovuto provare a lasciarsi andare completamente, avrebbe dovuto sdraiarsi sull'erba e non fare nulla. Solo aspettare quello che stava per succedere.

Soter si bloccò all'improvviso. Lei gli finì addosso. Fece per protestare ma il ragazzo delle armi, guardingo, le fece segno di tacere. Era all'erta e la fece indietreggiare dentro una grotta.

Sid portò la mano alla lingua di bue, ripensando alle parole di Auron riguardo a Tauri e Lykaon che si aggiravano lontano dalla Città degli Dei.

Si mise in ascolto e aguzzò la vista. Di nuovo vide tutto quello che la circondava pulsare di colori più intensi, sentì la musica dell'Olimpo e il suo profumo vitale. Ma nulla di cui preoccuparsi.

Voltò lo sguardo verso Soter e anche lui le sembrò rilassato. O meglio, sempre all'erta ma meno teso. Uscì dalla caverna.

— Quello che mi piacerebbe sapere è di cosa avevi paura. Chi ti aspettavi che fosse?

— Qualcosa di peggio di ciò che immagini — sorrise lui.

«Ha traffici con gli scherani di Ares.» L'avvertimento che le aveva dato il padre le rimbombò nel cervello. Sid non gli aveva creduto, ma non poteva evitare di avere dubbi. Come non poté evitare di notare che, ora che avevano ripreso la marcia, Soter era molto più circospetto di quanto non fosse stato in precedenza. Come se temesse di essere seguito.

— Se incontrassimo un Lykaon, come ti comporteresti? — gli domandò Sid.

— Dipende. Gli stringerei la mano o cercherei di colpirlo. A meno che tu non l'avessi già fatto a pezzi — rispose lui con il suo classico sorriso, solo un po' più ambiguo del solito.

Fattore mamma

Soter era rimasto indietro. Sid, seguendo il sentiero nel bosco, aveva raggiunto una radura su un rilievo che torreggiava su un panorama sconfinato. Alle sue spalle vedeva le colline in cui era scavato il villaggio della Sinfalide. La Fiamma Nera non era nemmeno intuibile e i cortili esterni le sembravano solo crateri insulsi. Cercò di avvistare quello che aveva trasformato nella sua abitazione, ma non ci riuscì. Dalla parte opposta altre due colline si andavano a congiungere in una specie di gola in fondo alla quale s'intravedeva un gruppo di baracche.

Sid decise di prendersi una pausa mentre aspettava il ragazzo delle armi. Adocchiò un grosso masso nero che sbucava dal terreno e ci si sedette sopra. Si levò le scarpe e affondò i piedi nell'erba. Una sensazione piacevole e rilassante. Soter non si vedeva. E lei si lasciò scivolare a terra, tenendo la schiena sulla pietra. Come aveva sperato, tornarono i colori pulsanti, il profumo vitale e la musica dell'Olimpo. Si lasciò andare. Affondò in quella meraviglia e chiuse gli occhi. Istintivamente portò la mano alla tasca. Sentì sotto i polpastrelli il frammento di ossidiana, quello che lei aveva pianto da piccolissima e con cui, senza nemmeno rendersene conto, aveva evocato Iris per far trasportare suo padre sull'Olimpo e salvarlo dal crepaccio in cui stava scivolando. Quello che sua madre aveva custodito per anni. Quello che lei aveva sperato che le rendesse i suoi poteri. Non aveva funzionato, ma come le aveva suggerito Sicano, non se ne separava mai. Senza aprire gli occhi lo estrasse dalla tasca e cominciò a giocherellarci. Al tatto le sembrò che ci fosse una protuberanza che non aveva mai notato. Pensò di trasformarlo in una lingua di bue identica a quella che portava alla cintura. Ma il frammento rimase quello che era. Una minuscola scaglia di ossidiana. Sid aprì gli occhi e lo controllò. Nessuna protuberanza in più. La musica dell'Olimpo e tutto il resto erano cessati.

— Qualcosa non va, dea? — Era arrivato Soter.

— Niente che ti riguarda, e smettila di chiamarmi in quel modo — sbottò lei. Poi si mise in tasca il frammento, mentre il ragazzo le si sedeva di fianco. Sembrava tranquillo.

— E come ti dovrei chiamare? — domandò lui.

— Come cavolo ti pare, anche Ugo, ma non sono più una dea.

Soter fece per ribattere, poi sembrò pentirsene e restò zitto. Se ne rimase seduto lì in silenzio, a riprendere fiato.

Sid lo sentiva respirare. Fece per alzarsi, ma lui l'agguantò per un braccio e la tirò a sé facendole perdere l'equilibrio. Lei reagì. Puntò a terra un ginocchio e tentò di dargli uno spintone, ma Soter le intercettò anche l'altro braccio e la bloccò.

— Ti si è squagliato il cervello? Mollami — protestò lei. Il ragazzo delle armi non la mollò. Le puntò addosso i suoi occhi nerissimi. Guardandola troppo.

— Ovunque io sia, qualunque cosa faccia, io non sono altro che me stesso. Non vedo perché per te dovrebbe essere diverso.

Sid divincolò le braccia e si liberò dalla presa.

— Non puoi smettere di essere una dea, se è questo che sei — concluse lui.

— Quello che mi piacerebbe sapere è chi sei tu — brontolò Sid infilandosi le scarpe.

— Uno che cerca di fare la cosa migliore nei momenti peggiori — fece lui voltandole le spalle e cominciando a incamminarsi in direzione delle baracche.

«Ha traffici con gli scherani di Ares.» Di nuovo la voce di Auron rimbombò nel cervello di Sid.

— Migliore per chi? — gli urlò dietro.

Soter non le rispose.

***

Hana Song era stata presa dal raptus delle grandi pulizie. Armata di una quantità di prodotti con cui avrebbe potuto tirare a lucido tutta Rainbow Hill, vorticava per la casa pronta ad aggredire anche la più microscopica particella di sporcizia, ovunque si fosse nascosta. Ma la sua personalissima guerra allo sporco non le faceva distogliere l'attenzione dalla figlia.

— No. Non ho capito perché l'interrogazione sia andata male — biascicò.

Hoon non sapeva più cosa inventare. Lei per prima non sapeva bene cosa cavolo fosse successo. Ed era preoccupatissima per tutto quello che avrebbe potuto implicare.

— Te l'ho detto! Ho risposto benissimo alle prime domande, ma poi sono andata in confusione. Non capivo nemmeno cosa mi stesse chiedendo la prof — cercò di difendersi.

— Queste sono le frasi che dicevo a mia madre quando non avevo aperto libro — mugugnò il sergente Hana.

Hoon non riuscì a trattenersi. Le scoccò un'occhiatina furbetta che stava a significare, fin troppo esplicitamente: "Allora ne hai combinate anche tu!"

La madre si sentì colta in fallo e fece una serie di gesti incomprensibili, scuotendo la testa.

— Passami la rana — asserì imperiosa per cambiare discorso.

Hoon le allungò lo scovolino elettrico con il manico a forma di testa di anfibio. E mentre la mamma si occupava della pulizia dei termosifoni, lei cominciò ad allineare sgrassatori, lucidanti e stracci. Non riusciva a trovare una spiegazione a quello che era successo in mattinata. Non capiva perché il suo cervello fosse stato invaso da un'incontrollabile serie di *clic* insensati e inutili. E tantomeno il motivo per cui Luce fosse riuscita a usare i suoi poteri senza sbattere le ciglia, ma scatenando il caos in classe. In un certo senso era una fortuna che l'avesse fatto. Distratta da quel trambusto, la Johnson l'aveva mandata al posto e aveva rifilato una nota alla classe. Poi erano cominciate le vacanze. Magari la prof avrebbe potuto decidere di tenere conto solo delle prime risposte, che erano giuste. Ma il punto non era quello.

Il problema era quell'incontrollabile sovraccarico di poteri divini. Hoon immaginava che fosse in qualche modo dovuto alla presenza di Ares sulla Terra, ma non riusciva a capire come. Aveva una gran voglia di parlarne con Sid, e di nuovo, con Luce. Soprattutto voleva discuterne con Morfeo, ma da quando era rientrata non aveva avuto un solo minuto di pace per contattarlo. E poi avrebbe voluto interrogare Dude. Magari, mentre i loro poteri facevano le bizze, lui aveva sentito la pietra.

Molte cose da fare. Troppe. Le avrebbe fatte tutte, una dopo l'altra. Ma bisognava cominciare dal fattore mamma. Hoon non era così sicura che si sarebbe guadagnata il permesso di uscire a così breve distanza da un'interrogazione catastrofica.

— Se dovrai recuperare letteratura, rimarrai ad aiutarci in negozio ogni mattina per tutta l'estate — l'avvertì la signora Song. Era iniziata la ritorsione.

— Ma se verrò promossa, non lo farò mai, nemmeno se ne avessi un'incontenibile voglia — provò Hoon.

— Se verrai promossa, avrai un sacco di tempo libero, quindi potrai dedicarne una parte all'economia di famiglia! Cominciando da oggi.

Un muggito echeggiò nella stanza. La mucca suoneria collegata al telefono lampeggiava.

— Comincerò solo quando avrò i risultati definitivi — fece Hoon andando a rispondere. — Casa Song. Chi parla?

— Protezione cittadina. Cerco l'incaricata della villetta dei Madison — disse la voce dall'altro capo del filo.

— Sono io! — fece Hoon e incrociò le dita. Se ne accorse e le sciolse. Con tutte le sue manie scaramantiche, Luce la stava contagiando. — Mi dica!

— Abbiamo ultimato i controlli. L'edificio in oggetto è in ottime condizioni. La famiglia Madison può rientrare. Lei può venire alla nostra sede per ritirare la copia delle chiavi?

— Anche subito? — chiese lei cercando di non mettersi a saltellare.

— Certamente. L'aspetto!

Hoon appoggiò il cordless e liberò la sua voglia di saltelli. Era troppo felice. Aveva un'altra cosa da fare, ma quella per Sid sarebbe stata una notizia straordinaria. Non vedeva l'ora di dirgliela.

— La casa di Sid è agibile! È agibile! — urlò andando ad abbracciare la mamma.

***

Luce stava spazzolando Daimon. Era suo ospite, da quando Sid si era trasferita sull'Olimpo. E nonostante l'amica le avesse chiesto di non traumatizzarlo con profumi e fiocchetti, lei non aveva saputo resistere alla tentazione.

L'aroma di vaniglia stava perfettamente ovunque, quindi anche sui cani. Soprattutto su un bouledogue come Daimon. Lo spruzzò a dovere e lui cercò di mordere la boccetta. Decisamente il cane di Sid.

Squillò il telefono. Il cane ne approfittò per svignarsela. Luce andò a rispondere.

— La casa di Sid è salva. Dobbiamo andare subito a dirglielo! — le sussurrò Hoon dall'altro capo del telefono.

— Veramente Dude ci aspetta al parco tra mezz'ora! — fece lei.

Non che non avesse voglia di vedere Sid, anzi... ma con quella storia degli esami finali non vedeva da un sacco nemmeno Dude. Da quando gli aveva raccontato tutto sul loro passato di dee e sul loro ruolo, qualcosa era cambiato. Da un certo punto di vista le sembrava che fossero più legati, da un altro sembrava che lui la vedesse più come un'amica. Ma a volte Luce aveva l'impressione che Dude fosse proprio perso per lei. Allora perché non si decideva e la teneva sempre sulla graticola? Era il momento di dare una svolta alla loro storia.

— Ci sei ancora o sei svenuta? — le chiese Hoon.

— Scusa, mi ero distratta — rispose Luce.

— Allora ci vediamo al parco tra mezz'ora. Poi andiamo da Sid. Adesso devo trattare con la mamma per l'uscita, se voglio raggiungervi in tempo.

La comunicazione si interruppe. Per una frazione di secondo, Luce sperò che Hoon non ottenesse quel permesso. Sapeva che l'amica aveva in testa solo Ares, l'Olimpo, i poteri e la loro vita di dee. Se fosse stata con loro, non si sarebbe parlato d'altro.

All'idea di un pomeriggio di piani e ipotesi, Luce sbuffò. Poi si sentì un verme. Non ce l'aveva con Hoon e le voleva bene come sempre. Ma aveva una voglia pazzesca di stare sola con Dude, e non per parlare del fatto che forse i loro poteri stavano aumentando e delle sue sensazioni riguardo al rubino di Dioniso.

Mentre apriva l'armadio alla ricerca di qualcosa di adatto all'occasione, cominciò a fare piani su come mettere il ragazzo alle corde. Quanto a Hoon... le sarebbe bastato farle capire quando lasciarli soli.

Ti fidi di me?

Sid e Soter erano a poche decine di metri dalle baracche che lei aveva notato quando era in cima all'altura. Da vicino erano decisamente malconce. Sembravano abbandonate da chissà quanto. Qualcuna aveva le ante sprangate, altre sembravano sventrate. Un vecchissimo pozzo. Assi di legno divelte. Polvere. Oggetti rotti per terra. Qualcosa però non quadrava. Una specie di nota sbagliata che Sid non riusciva a individuare con precisione. Per sicurezza portò la mano all'elsa della lingua di bue.

— Perché siamo qui? — chiese a Soter.

— Le armi sono là dentro — rispose lui indicando l'edificio centrale che sembrava appoggiato alla parete della collina. — Non avrai paura?

— Meglio averne un attimo prima, che un attimo

dopo — sbottò Sid senza levare la mano dalla lingua di bue e continuando a guardarsi in giro.

Poi si bloccò. La nota stonata. Il secchio del pozzo.

Estrasse la spada e lo indicò a Soter.

— Quel secchio è lucido, pulito e nuovo. Al contrario di tutto il resto.

— Ce l'ho messo io. L'acqua è ancora buona — ribatté lui. — Te la faccio assaggiare, se vuoi. E berrò per primo visto che sembri non fidarti.

— Io non mi fido e basta — tagliò corto lei. Nel dire quella frase le venne il dubbio di assomigliare a suo padre più che a Gail. Non le piacque affatto.

— E non ho sete — aggiunse, rimettendo la spada al suo posto.

Soter esibì quel suo maledetto sorriso. Accidenti ad Auron e a tutte le sue ansie che la rendevano insicura. Il ragazzo era stato teso per il primo tratto di strada, ma adesso era decisamente tranquillo. Non c'era motivo di dubitare. In fondo se lei aveva un'arma era solo grazie a lui. E quando si era rifiutata di uscire dal villaggio senza la sua spada, lui non aveva fatto la minima resistenza.

Arrivarono sul patio di fronte alla baracca. Soter batté i piedi sul legno per levarsi la polvere dalle scarpe. Se Sid avesse avuto voglia di essere diffidente, avrebbe pensato a un segnale per qualcuno all'interno. Ma non voleva darla vinta ad Auron e ai suoi sospetti.

Il ragazzo delle armi si avvicinò alla porta e gliela indicò.

— Prima le dee — disse, con quel suo stramaledetto sorriso.

Lei si avvicinò. Lui girò la maniglia e socchiuse l'uscio. Sid gli passò davanti ed entrò.

Le ci volle un attimo per abituarsi all'oscurità che c'era nella baracca. Poi lo vide. Un Tauro colossale in fondo alla stanza. Soter l'aveva venduta!

***

— Accidenti! Stramaledettissimi accidenti e accidentissimi! — Luce ne era convinta. L'universo stava cospirando contro di lei. Era arrivata al parco in anticipo per intercettare Dude e braccarlo in pace. E in effetti lui era lì, seduto sulla panchina e più ipersublime del solito. Ma per somma scalogna e infinitissima disgrazia, era insieme a Craig e Jamar, i suoi due amici.

I piani che Luce aveva fatto riguardo al suo pomeriggio romantico sfumarono inesorabilmente. Non avrebbe potuto liberarsi dei due intrusi con un battito di ciglia. Dude sapeva tutto. Se ne sarebbe accorto. E lei non sarebbe riuscita a stare sola con lui né a dargli il regalo che gli aveva comprato il giorno prima insieme a Chamirane. Tutta la faticaccia che aveva fatto per mettere insieme il top rosso con i leggings neri era stata inutile. Altrettanto vano lo sforzo di domare i suoi capelli che fino a mezz'ora prima avevano deciso di assomigliare a una piantagione di carciofi.

— Grimaldi, vieni a sederti con noi — strepitò Jamar appena la vide. Craig invece la fissò a bocca aperta e con la faccia da allocco. Come se non l'avesse mai vista prima. Lei si avvicinò alla panchina.

— Sopravvissuta alle prove finali? — chiese Dude sorridente.

— Mi occuperò di nuovo della scuola quando esporranno i risultati, non un minuto prima — sospirò Luce.

Craig continuava a fissarla con la faccia da allocco.

— Allora puoi unirti a noi! — esclamò Jamar. L'afferrò e la strattonò in modo da farla finire in braccio a Dude. Ma lui si spostò in tempo e Luce prese una solenne sederata sulla panchina. Il suo ululato di dolore scatenò sonore risate. In tutti tranne che in Craig. Lui si sporse dal suo posto per fissarla meglio.

— Cosa ti prende? — gli chiese Luce quasi in imbarazzo.

— Non ci avevo mai fatto caso, Grimaldi, ma sei proprio bella! Vuoi sposarmi?

— Lunedì prossimo alle sette — rispose lei.

Si rimisero tutti a ridere e Dude le illustrò i loro programmi. Contavano di andare a fare il bagno nella piscina di un paese lì vicino e di starci un po'. Poi sarebbero andati alla festa di fine anno sulla spiaggia.

— Tu vieni con noi, vero? — la invitò Dude. — Ti accompagniamo a casa a prendere il costume.

Luce stava per rispondere qualcosa come: "Sì, subito, volentieri e con gioia, soprattutto se i due Stramolesti si levano di mezzo."

Invece vide arrivare Hoon. Sorrideva, ma camminava come se avesse fretta. I ragazzi la salutarono.

— Scusate, ho bisogno di parlare con Luce e Dude in privato — esordì appena li raggiunse.

— Puoi portarteli via quanto vuoi, così noi avremo più posto sulla panchina — fece Jamar. Luce non era contenta. Mentre si alzava ebbe l'impressione che anche Dude non sembrasse più così allegro come era stato fino a un minuto prima. Con le mani in tasca, la testa bassa e il passo strascicato seguì l'amica. Lei gli andò dietro.

— Volevo sapere se questa mattina hai sentito qualcosa di particolare verso l'ultima ora — gli domandò Hoon appena furono a distanza di sicurezza.

— In quel caso vi avrei avvertite. Comunque no.

Come vi ho già detto, non sento più la pietra. E non c'è nulla di nuovo, o vi avrei chiamato — rispose Dude. — Per essere sincero comincio a pensare che forse dovreste cercare un piano alternativo. O aspettare che Ares si riveli. Io temo di non potervi essere di grande aiuto.

Luce notò che Dude aveva parlato senza entusiasmo. E il peggio era che non aveva tutti i torti. Da un pezzo non sentiva più il richiamo del rubino di Dioniso.

— Aspettare che Ares si muova non mi sembra una gran strategia — ribatté Hoon. — Non so cosa abbia in mente, ma qualsiasi cosa sia non voglio dargli il tempo di metterla in atto. Comunque adesso andiamo alla Sinfalide e ne parliamo anche con Sid.

— E se ci andassimo domani? — propose Luce. — Noi avevamo un altro programma per oggi. Cose del tipo piscina e festa sulla spiaggia.

Hoon si fece cupa. — Noi avevamo deciso di andare da Sid — bofonchiò.

— Tu l'avevi deciso — sbottò Luce e immediatamente se ne pentì. Ci aveva messo troppa enfasi.

— Credo che Sid abbia diritto di sapere la novità, visto che la riguarda. E poi immagino che anche lei ci stia aspettando — replicò Hoon rigida.

— Fine primo round — intervenne Dude. — Perché

non andate subito da Sid, l'acchiappate e la portate qua? Noi possiamo aspettarvi.

— Questa sì che è un'idea! — esclamò Luce. — In fondo Sid non è mai tornata nemmeno una volta da quando si è fermata sull'Olimpo. Potrebbe anche aver voglia di rivedere casa sua e magari prendere qualcosa che le serve.

Hoon sembrò pensarci un attimo. E Luce aggiunse: — E poi perché pensare che dovrebbe succedere qualcosa di catastrofico proprio stasera? È da un sacco che non capita niente di preoccupante.

— Quello che ci è successo stamattina in classe non è *niente* — sbottò Hoon. — Non abbiamo tempo per la festa. Dobbiamo capire ciò che sta accadendo. E poi avevamo già deciso. Non farti influenzare e andiamo.

Luce si sentì punta sul vivo. Sentì montarle la rabbia. Percepì l'imbarazzo di Dude e l'irremovibile volontà di Hoon di andare sull'Olimpo. Poi si lasciò esplodere.

— Tanto per cominciare, io non mi faccio influenzare da nessuno. Sono d'accordo con Dude perché dopo un anno di scuola e questi ultimi giorni di strastudio ci meritiamo tutti un po' di riposo.

— Grandioso! — s'inserì Hoon. — E se mentre ci riposiamo, Ares...

— Piantala, Hoon! Non esistono solo gli dei. E anche noi non siamo solo dee! Abbiamo una vita.

Dude le afferrò un braccio e fece una leggera pressione.

— Ragazze, non litigate. Basta mettersi d'accordo e una soluzione la…

— Tu non ti intromettere — gli intimò Hoon.

Un po' per il tono che l'amica aveva usato, un po' perché si stava lasciando trascinare dalla concitazione del momento, Luce perse completamente il controllo.

— Sei una gran supponente! Morfeo ha sempre detto tutto quello che voleva e tu non l'hai mai chiamata intromissione! A meno che anche tu non creda che i mortali siano inferiori, non penso che…

— Pensa quel che ti pare — la interruppe Hoon. Si allontanò e si infilò in una macchia di cespugli. Un lampo viola. Era andata sull'Olimpo.

Nel giro di due secondi e mezzo, Luce si infuriò per essere stata piantata in asso. Poi si imbestialì perché non era riuscita a dire quel che voleva. Poi le venne il dubbio di non sapere cosa volesse dire "supponente". Forse era un insulto pesante, concluse sentendosi in colpa.

— Ho esagerato, vero?

— Diciamo che, nel bene e nel male, hai la tendenza a lasciarti trasportare — le sorrise Dude. — Ma ti vogliamo bene lo stesso.

Ti vogliamo bene. Luce avrebbe potuto svenire. Invece

cominciò a sorridere e con uno di quei sorrisi che illuminano a giorno le notti del deserto. Ti vogliamo bene. Ebbe l'impressione di squagliarsi.

— Allora tu che fai? — chiese Dude mettendole un braccio attorno alle spalle.

Solo la verità

Nella baracca Sid sguainò la spada e si lanciò contro il Tauro per scaricargli addosso un fendente.

— Ferma! — urlò Soter.

Sid sentì la sua mano scivolargli sulla schiena. Aveva tentato di trattenerla, ma non era stato abbastanza veloce. Lo fu invece il Tauro che con un balzo all'indietro evitò il colpo.

Sid si sbilanciò in avanti. Soter l'afferrò da dietro, cingendole il torace con un braccio e stringendole la gola con l'altro.

— È disarmato. Garantisco io per lui — le sussurrò appoggiandole la fronte sulla tempia e con un tono di voce privo di strafottenza e ironia. — Per favore.

Lei rimase immobile, ma con i muscoli tesi a fare resistenza alla stretta. Poteva provare a liberarsi del ragazzo e giocarsela fino in fondo. Ma il Tauro aveva uno sguardo misto di timore, stupore e speranza che glielo impedì. E poi era veramente disarmato.

Sid decise d'istinto. Lasciò andare la spada che finì a terra con un rumore sordo. Soter non si mosse e mantenne la presa.

— Lasciala — muggì il Tauro.

Soter si limitò ad allentare la pressione delle braccia.

— Per favore. Vuole solo parlare — mormorò. Di nuovo con quel tono inconsueto, come se volesse disperatamente essere creduto. La lasciò lentamente.

Sid scrollò le spalle per allontanarlo. — Vai al diavolo.

— Io sono Kamarel — disse il colosso sedendosi su una panca malridotta. Sid si prese il tempo di osservarlo a fondo. Aveva già affrontato i Tauri e ogni volta se li era ritrovati davanti bardati con armature luccicanti e alabarde in pugno. Non aveva mai parlato con uno di loro se non per sfidarlo. Ma quello che aveva di fronte non aveva né alabarde né spade. Anche da seduto era parecchio più alto di lei. Aveva il corpo di un uomo adulto ricoperto di pelliccia bovina e muscoli enormi. Le mani, anche se più grandi e nodose, erano esattamente come le sue. Al posto dei piedi, invece, aveva grossi zoccoli. E coda e testa di toro. Negli occhi, quasi la stessa espressione che le aveva fatto gettare l'arma.

Un'espressione che raccontava solo timore e speranza, ora che lo stupore era svanito.

— Perché sono qui? — gli domandò Sid.

La speranza negli occhi del Tauro ebbe il sopravvento sulla paura.

— Soter ha ragione. Non sei come gli altri — mormorò.

— Soter non ha ragione su niente — ribatté Sid secca. Era ancora arrabbiata con lui. Le aveva appena dimostrato che aveva ragione suo padre. Lui trafficava davvero con gli scherani di Ares.

Nel pensare al Signore della Guerra, Sid portò gli occhi alla sua spada. Era per terra, a pochi centimetri dal suo piede. Si accorse che il Tauro aveva notato quell'occhiata. Non era la migliore premessa per cominciare a parlare. In una frazione di secondo Sid decise. Diede un calcio alla lingua di bue e la fece scivolare dall'altro lato della stanza. Con un cenno chiese a Soter di andarsi a sedere sulla panca. Incredibilmente lui ubbidì, senza proteste né battute. Il colosso doveva aver apprezzato il gesto, perché ricominciò subito a parlare: — Quando era qui, il Signore della Guerra poteva controllare le nostre menti. Cosa noi pensassimo gli era indifferente, contava solo quello che potevamo fare per lui. Alcuni di noi hanno provato a liberarsi dalla sua presa, ma la cosa era possibile solo per brevi periodi di tempo. Nel momento in cui lui aveva bisogno dei nostri servigi, non avevamo scampo. Non potevamo fare altro che ubbidirgli e usare tutte le nostre capacità al suo servizio.

Sid ripensò a come Ares aveva manipolato la mente di Dude per costringerlo ad attaccarle e a rubare una stilla dei loro poteri. A come aveva portato la figlia di Sicano a tradire tutti, condannandola poi a morte. La storia che stava sentendo, per il momento, era fin troppo credibile.

Afferrò uno sgabello e si sedette davanti al Tauro. Non era intimorita, ma si sentì piccolissima di fronte alla stazza del suo interlocutore. Probabilmente il colosso se ne accorse perché scese dalla panca e si mise per terra. In quel modo i loro occhi erano allo stesso livello.

— Non voglio mentirti. Io stesso sotto l'influenza del Signore della Guerra ho fatto cose orribili — riprese il Tauro. — Fagliela vedere, Soter.

— No… — cominciò il ragazzo.

— Mostragliela — muggì Kamarel. Sembrava addolorato. Come se dovesse affrontare il più potente e orrendo dei fantasmi.

Sbuffando, Soter si alzò in piedi. Si sfilò la camicia, sciolse i lacci che la tenevano chiusa e se la lasciò scivolare lungo le braccia. Sid restò senza fiato. Una lunga cicatrice violacea gli attraversava il petto in diagonale.

— Sono stato io — mormorò il Tauro, abbassando la testa.

— È stato Ares — ribatté Soter. Poi rivolgendosi a Sid: — Altri Tauri sono riusciti a salvarmi e Kamarel stesso, quando è tornato in sé, mi ha portato al sicuro e mi ha assistito finché non mi sono rimesso in piedi.

L'immagine che Sid si era fatta del ragazzo delle armi cambiò completamente. E l'astio che aveva nei suoi confronti per averla portata lì senza avvertirla svanì quasi del tutto. Quello che Auron le aveva raccontato sul suo conto, in un certo senso, era vero. Ma le conclusioni a cui era giunto, completamente sbagliate.

E poi c'era quel Tauro. Sid non riusciva a non credere a ciò che le stava rivelando. Se avesse voluto raccontarle frottole, perché farle mostrare la cicatrice?

— Fa male? — chiese a Soter.

— Solo ogni tanto — rispose lui rivestendosi. — E non è colpa sua.

— In ogni caso, anche quello è il mio passato. Combattevo bene e sono stato uno dei generali di Ares. Ma ora che lui non è più qui, le cose sono cambiate. Molti di noi sono liberi di scegliere e vogliono poter vivere in pace, anche insieme agli abitanti della Sinfalide.

Tacque per un attimo. Poi aggiunse: — Vorremmo che tu ci aiutassi a farlo.

Sid rimase in silenzio. Non sapeva cosa rispondere. Anche con l'assoluta certezza della buona fede del colosso, come avrebbe potuto convincere tutti gli altri?

— Quanti siete, Kamarel? — chiese. Aveva bisogno di chiarirsi le idee.

— Una cosa per volta. Voglio che tu abbia il tempo di pensare con calma. Per ora, grazie di avermi creduto — rispose il colosso.

Sid sgranò gli occhi. Lei non aveva ancora detto nulla riguardo a quello.

— Mi hai chiamato con il mio nome. Cominci a vedere me e non solo un servo di Ares. Non so se ti sentiresti a tuo agio se ti portassi al nostro bivacco, ma ho speranza per il futuro.

Kamarel aveva ragione. Istintivamente Sid gli aveva creduto. Come istintivamente aveva creduto a Soter, quando aveva detto che il Tauro voleva solo parlarle.

Si voltò a guardare il ragazzo. Si fissarono per qualche istante.

— Avrei preferito che tu…

— Non ti ho mentito — la interruppe lui. — Le armi ci sono davvero.

Come volevasi dimostrare. Soter la guardava troppo. Aveva intuito quello che stava pensando senza che lei lo dicesse.

— Se devi fidarti di noi hai bisogno di prove — intervenne Kamarel e si alzò. Andò fino all'armadio sgangherato dall'altro lato della stanza e lo fece scivolare a sinistra. Dietro c'era una grossa porta di ferro chiusa da una catena e una serie di chiavistelli. Il Tauro cominciò ad aprirli.

Sid lo raggiunse e mentre avanzava sentì Soter sfiorarle con una mano il braccio per tutta la sua lunghezza. Una vera fortuna che la baracca fosse in quello stato di semioscurità. Alla luce, chiunque si sarebbe accorto che era arrossita fino alle orecchie. A uno spintone o a un montante avrebbe saputo come reagire, ma di fronte a una carezza si sentiva decisamente impreparata. Fortunatamente Kamarel aprì la porta e varcò la soglia, invitandola a seguirlo.

— Prendi quello che vuoi — muggì sommessamente.

Sid si era aspettata una piccola stanza di legno, lurida come quella in cui era appena stata. Invece si ritrovò in un'ampia sala scavata nel ventre della collina, in condizioni perfette. Un'armeria in piena regola. Pensò che fosse quasi impossibile non trovare qualcosa di adatto a lei in quel tripudio di daghe, lance, spade, alabarde, magli, martelli e archi. E armature a volontà.

Ma la prima cosa che colpì la sua attenzione fu una polsiera lucidissima contenuta in una teca di vetro. Un bracciale alto che scintillava di bagliori sanguigni. Avrebbe dovuto essere una protezione per i polsi, quindi non aveva molto senso che ce ne fosse uno solo. E non aveva senso che fosse custodito meglio del resto. Eppure Sid non riusciva a smettere di guardarlo. Era come se emanasse un potere infinito.

— Cos'è? — domandò, allungando il braccio verso la teca. Subito sentì la possente mano del Tauro afferrarle una spalla.

— Non toccare nemmeno la teca — l'avvertì Kamarel con un'evidente nota di preoccupazione nella voce. — Quella è la Polsiera della Negazione, una delle Armi Maledette di Ares. Nessuno, oltre al Signore della Guerra, è mai riuscito a gestirla. Coloro che hanno tentato di indossarla sono stati spazzati dalla sua potenza.

— È l'oggetto più distruttivo che ci sia qui dentro — commentò Soter, e recuperando la sua ironia tagliente, aggiunse: — C'è da chiedersi come mai tu l'abbia notata subito.

Calò il silenzio. Il fatto di non poter toccare quell'arma fece una pessima impressione a Sid. Repulsione e attrazione combattevano tra loro per prendere il sopravvento. Lei e le amiche non erano mai riuscite a sconfiggere Ares. Forse perché non erano mai riuscite a capirlo. Ma usare una delle sue armi avrebbe potuto cambiare tutto.

Quel bracciale metteva i brividi, ma allo stesso tempo le diceva: “Prendimi”. La ragazza non riusciva a smettere di guardarlo. Forse non avrebbe potuto indossarlo, ma non voleva nemmeno lasciarlo dov’era.

Ci fu un tonfo secco. Proveniva dall’altra stanza. Poi un altro e un terzo. Sid continuava a guardare la Polsiera, quasi ipnotizzata.

— Maledizione! — muggì il Tauro precipitandosi fuori dall’armeria.

Altri quattro o cinque tonfi in sequenza, identici ai precedenti. Sid scosse lo sguardo dal bracciale.

— Portate gli archi — gridò Kamarel dall’altra stanza. — Ci hanno trovati.

Soter stava raccattando delle faretre piene di frecce.

— Chi ci ha trovati? — chiese Sid, acchiappando un arco per sé e uno più grosso per Kamarel.

— Il nostro amico ti ha detto che molti di noi sono liberi dall’influenza di Ares e vogliono vivere in pace — rispose lui. — Be’... molti non vuol dire tutti!

Si precipitarono insieme da Kamarel.

Dalle fessure nell’anta di legno che teneva serrata la finestra lurida provenivano bagliori rossastri. Un crepitio minaccioso risuonava dall’esterno. Sid non ci mise molto a capire che i loro assalitori li stavano attaccando con frecce infuocate.

— C'è un'altra uscita oltre a quella? — domandò indicando la porta da cui erano entrati.

— No — rispose Kamarel. — Ma non permetteremo a nessuno di torcerti un capello.

Mai come in quel momento Sid aveva sentito la mancanza dei suoi poteri. Ma si sarebbe battuta fino alla fine. E invece di Luce e Hoon, sarebbe stata al fianco di un ex servo di Ares e del ragazzo che la guardava troppo.

Da sola

Hoon era nella Sinfalide. Camminava nervosamente verso l'ingresso della stalla dei leucrota. Aveva l'impressione che tutto stesse sfuggendo al suo controllo. I poteri che le sovrastavano, Ares introvabile, Dude che non riusciva a localizzare il rubino, la lite con Luce… Stava andando tutto storto.

Si sentiva impotente e infuriata, ma non era e non era mai stata supponente. Men che meno pensava che gli umani fossero inferiori. Morfeo sui poteri ne sapeva più di Dude e di loro tre messe insieme, ma solo perché ci aveva sempre vissuto a contatto e non aveva dimenticato la sua vita passata. Era solo un dato di fatto, maledizione! Non c'erano questioni di superiorità. Che stupidaggine! E poi perché Luce si era fatta prendere dalla smania di festa proprio in quel momento? Ok… lei aveva sempre voglia di festeggiare, ma fino a quel giorno la loro vita di dee era sempre venuta prima. E perché non trovava preoccupante il sovraccarico di poteri di quella mattina? Per Hoon era un pessimo segno. Ma non perché quella tempesta di *clic* insensati le aveva mandato a monte mezza interrogazione. E se la stessa cosa fosse capitata di fronte ad Ares? Se fosse stato lui la causa del sovraccarico di poteri? Molti se, nessuna certezza.

Almeno c'era anche Sid, e Hoon aveva una gran voglia di darle la grande notizia e consegnarle le chiavi che aveva ritirato alla protezione cittadina.

Arrivò alla stalla ed entrò. C'era solo Glauce che strigliava i leucrota. Uno di loro la salutò stridendo e sbattendo le ali.

— Ciao! Sid è da queste parti?

— Oggi non l'ho ancora vista — fece Glauce. — Puoi aspettarla qui se vuoi.

Hoon scosse la testa. — La vado a cercare. A più tardi — disse e tornò sui suoi passi. Quando Sid non era alla stalla, era nella sua stanza, o alla trapeza. Hoon tentò in entrambi i posti, ma non la trovò. Quella proprio non era la sua giornata. Decise di provare all'alloggio di Auron, ma non ebbe bisogno di arrivarci. Lo individuò in un corridoio sotterraneo. Parlava con due uomini che lei non conosceva.

— Ciao, Hoon — la salutò.

— Hai visto Sid? — chiese lei.

L'uomo con la maschera d'oro scosse la testa.

— Credo che sia con Glauce, alla stalla.

Hoon non gli disse di esserci appena stata perché si era accorta dell'ombra di preoccupazione negli occhi di Auron.

— Allora vado a cercarla — biascicò. E si allontanò.

La mandava in bestia che Sid non le avesse aspettate. Non che avessero proprio un appuntamento, ma quasi. «Ci vediamo dopo che avete finito i test» le aveva detto. Quindi sì, era proprio un appuntamento, visto che sapeva dei test!

Non era mai successo che non riuscissero a trovarla. Poi le venne in mente il ragazzo scorbutico. Se Sid era con lui, Hoon avrebbe potuto cercarla ovunque. Con quel Soter usciva spesso dal villaggio e sempre senza sapere dove andava. Tra lei e il ragazzo delle armi c'era uno strano patto. Lui le cercava un'arma giusta, Sid non doveva fare domande. A Hoon quell'accordo non piaceva. E le sembrava innaturale che l'amica, diffidente com'era, l'avesse accettato.

Ma se ci teneva tanto ad andarsene in giro con quel tizio, Sid poteva lasciare un biglietto, dire a Glauce o al padre dove avrebbero potuto trovarla. Invece niente. E se fosse successo qualcosa e la sua presenza fosse stata indispensabile? Cosa aveva preso a tutte? Non si rendevano conto che erano ancora in guerra? Che Ares avrebbe potuto agire da un momento all'altro? Il fatto che non avesse fatto nulla fino a quel momento non era un buon motivo per starsene tranquille. Al contrario! Era il momento di preoccuparsi, perché probabilmente lui stava tramando qualcosa. E qualcosa di grosso!

A quel punto Hoon non sapeva più cosa fare. Le sue amiche, quelle che sapevano tutto di lei, quelle di cui si fidava più che di chiunque altro, l'avevano abbandonata. Quindi, al diavolo loro! Facessero quel che gli pareva. Non era un problema suo e non voleva più saperne.

Fortunatamente c'era qualcuno che in quel momento avrebbe saputo capirla, condividere le sue preoccupazioni e magari aiutarla a trovare una soluzione. L'amore della sua vita. Anzi. L'amore di tutte le sue vite.

***

Finalmente Hoon era con Jared. Se Sid e Luce non erano disponibili, lui lo era stato. Le era bastato contattarlo mentalmente. Usando la sua pietra, l'aveva raggiunto a Nazan dopo l'obbligato transito sulla Terra. Gli aveva raccontato tutto. Di Sid e Luce e di quanto fosse preoccupata. Lui l'aveva ascoltata, accarezzandole i capelli.

Tra le sue braccia il nervosismo che l'aveva ossessionata dall'ora dell'interrogazione si stava sciogliendo. E anche la rabbia verso Luce che era voluta rimanere a Rainbow Hill e verso Sid che non si era fatta trovare si stava affievolendo.

— È giusto che ognuna di voi segua un percorso proprio — le sussurrò lui. — Avete idee diverse e differenti modi di affrontare le situazioni in cui vi trovate. È normale che non siate d'accordo su tutto e che ciascuna abbia bisogno di spazi propri. Ciò che conta è quello che sentite davvero.

Jared tacque per un attimo. Poi sorrise.

— Ai tempi in cui eravate Artemide, Afrodite e Atena vi siete scatenate in liti terrificanti. Ma erano le vostre liti e facevano parte della vostra amicizia. Chiunque avesse contestato una sola di voi, sarebbe stato prontamente fulminato dalle altre due.

Hoon rise. — Anche loro sparavano fulmini?

— No. È che mi è venuta in mente la volta che tu l'hai fatto davvero. Contro qualcuno che aveva cercato di prendere le tue parti insultando Afrodite e Artemide.

Hoon ridacchiò. Non faceva fatica a immaginarselo.

— Ma l'ho...

— L'hai solo bruciacchiato un po', purtroppo! Era Ares.

A quel punto Hoon rise di gusto. Lei e Jared erano seduti sul parapetto di un ponte che univa le due sponde del fiume che attraversava la città abbandonata. Lui era convinto che sarebbe tornata all'antico splendore. Le mostrò un vecchio palazzo in marmo bianco. Le raccontò dei tempi felici che ci avevano trascorso quando ancora erano solo Atena e Morfeo.

Ogni secondo, Hoon si sentiva meglio.

— Mi fa bene stare con te. Quando non ci sei, mi manchi — mormorò.

— Credo anch'io che tu abbia bisogno di una pausa — disse Jared. — Per quanto possiamo sforzarci, non possiamo tenere sotto controllo tutto, tantomeno Ares.

— Se al tempo degli dei l'avessimo fatto, non saremmo arrivati a questo punto — si rabbuiò lei.

— Se siamo qui adesso è perché tu, Afrodite e Artemide avete avuto il coraggio di rinascere sulla Terra. E perché avete continuato a lottare. Ma combattere un nemico invisibile è impossibile. Non sostituirlo con la paura che ne hai e che abbiamo tutti. A cosa ti serve continuare a preoccuparti senza tregua se non a renderti più tesa e vulnerabile?

Hoon sospirò e appoggiò la testa sul petto di Jared. Lui le accarezzò i capelli.

— Cosa devo fare?

— Cosa ti piacerebbe fare?

Hoon fece per rispondere, ma Morfeo la interruppe: — Eliminare Ares una volta per tutte non è una risposta valida.

Hoon rise.

— Stare con te, chiarire con Luce e dirle che in parte aveva ragione lei. Non era sbagliata l'idea di portare Sid alla festa. Non voglio che si senta sola. E vorrei trovarla prima possibile. Non mi piace per niente non sapere dov'è. E vorrei capire cosa è successo stamattina con i miei poteri.

Jared sospirò. Abbracciò Hoon più forte. Le diede un bacio sulla fronte. Poi altri mille e ancora cento.

— Insieme possiamo fare tutto — le sussurrò.

Hoon si mise a ridere e lui la strinse di nuovo.

— Ho lasciato Telos all'ingresso della città. Andiamo alla Sinfalide con lui e insieme troviamo Sid — propose Jared. — La portiamo alla festa e chiarisci con Luce. E quando siamo a Rainbow Hill, vorrei che tu provassi a evocare i fulmini come fai qui sull'Olimpo.

— Perché? Cos'hai in mente? — chiese lei.

— Non ho ancora le idee chiare. Se i vostri poteri stessero aumentando là, significherebbe che qualcosa li sta scatenando.

— Ares. Ci avevo pensato anch'io.

Jared scosse la testa. — Non lui. Sulla Terra e sull'Olimpo i vostri poteri hanno sempre funzionato in modo diverso perché l'Olimpo era nutrito dalla Fiamma d'Oro. Ricordi quando abbiamo visto sparire dal Dodekatheon il Signore della Guerra?

Hoon rabbrividì. Cominciava a capire.

— Pensi che lui sia riuscito a salvare la fiamma e a portarla sulla Terra? — gli chiese.

— Sarebbe impossibile. Ma forse non per Ares.

Un granello di polvere

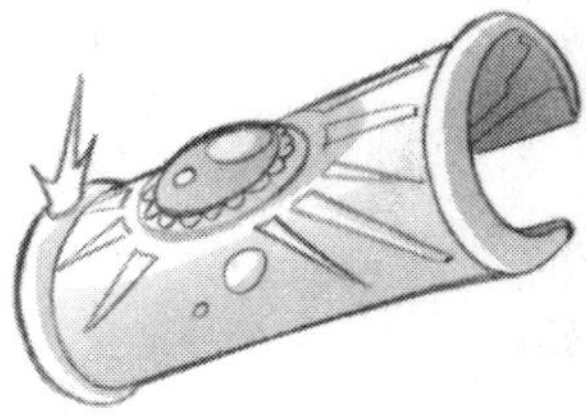

La baracca cominciava a bruciare. All'esterno echeggiavano i muggiti e le strida dei Tauri e dei Lykaon che stavano attaccando. Fumo acre si faceva strada dalle fenditure nelle ante malconce, da sotto la porta e da ogni fessura del vecchio edificio. Stava invadendo la stanza. Sid si sentiva soffocare, ma continuò a scagliare frecce su frecce. Ma per quante lei, Soter e Kamarel ne lanciassero dalle spaccature delle ante, non sarebbero mai riusciti a sconfiggere i loro assalitori. Presto avrebbero dovuto uscire di lì, e con nessuna possibilità di vincere. Se solo Luce e Hoon fossero state con loro, non ci sarebbe stato alcun problema. Se solo lei avesse avuto i suoi poteri, con le sue armi avrebbe potuto dare una svolta decisiva allo scontro. Ma le sue amiche non c'erano e nemmeno i suoi poteri.

— C'è troppo fumo! Non vedo niente e sto mirando a caso! — urlò Soter facendo un salto indietro per riempire i polmoni di aria.

— Conosco la tattica. Mira a destra — muggì Kamarel.

Sid si allontanò dalla finestra. Anche lei aveva bisogno di respirare qualcosa che non fosse fumo. Mentre inspirava fece caso alla porta dell'armeria. Era ancora aperta.

— Quanti credi che saranno là fuori? — gridò ancora Soter tornando alla sua finestra.

— Una cinquantina — gli rispose il Tauro, scoccando l'ennesima freccia.

— Avresti mai pensato che saremmo finiti così, dea? — le urlò il ragazzo.

— Non è finito niente! — grugnì Sid ed entrò nella stanza delle armi. Forse avevano ancora un'opportunità di uscire di lì e vincere. Sarebbe bastata un'arma adatta. E lei sapeva che c'era.

Appoggiò l'arco e andò alla teca che conteneva la Polsiera della Negazione. L'afferrò e la gettò a terra. Il vetro si frantumò e il bracciale scivolò di lato. Liberato dal suo contenitore, emise un bagliore accecante. Poi tornò del suo colore bronzeo, illuminato qua e là da fulgori sanguigni.

— Cosa stai combinando? — gridò Soter. Doveva aver sentito il rumore della teca che andava in pezzi.

— Arrivo! — fece lei.

Si inginocchiò a terra. Quell'arma era la loro più potente opportunità di difesa. Nonché l'unica. Allungò il braccio per prenderla. La sfiorò con la mano.

Una terrificante vampata purpurea la scaraventò contro la parete opposta dell'armeria. Un colpo fortissimo, poi Sid cadde a terra. Ebbe l'impressione che la sua pelle fosse squarciata da mille piaghe, che la sua mente volesse solo spegnersi, che i suoi polmoni non riconoscessero l'ossigeno. Non vedeva più niente. Non sapeva se era in piedi o sdraiata. Non sentiva il suo corpo.

— Cos'hai fatto, dea? — la voce di Soter le arrivò lontanissima.

A Sid parve che qualcuno la stesse afferrando e trascinando. Ma non ne era sicura. Le sembrava di essere un granello di polvere che fluttuava nel buio.

Poi silenzio. O forse qualcuno che parlava a bassa voce. Sid, microscopico granello di polvere, fluttuava.

— Fermatevi! L'abbiamo presa! Possiamo consegnarvela! — di nuovo la voce di Soter.

No… non era possibile. Soter non poteva aver detto una cosa simile! Sid pensò di aver capito male.

— Sono il generale Kamarel! Abbiamo Artemide! Vi ordino di interrompere l'attacco. — La voce del Tauro.

Era stata tradita. Si era fidata e aveva sbagliato. Auron

aveva ragione. Luce e Hoon avevano ragione. L'unica ad aver torto era stata lei. Eppure gli occhi di Kamarel le erano sembrati limpidi. Tristi, ma limpidi.

Odore di fumo e una ventata d'aria fresca. Forse l'avevano portata all'esterno.

Grida di Tauri esaltati e strida di Lykaon vittoriosi. Lontane, ma ugualmente agghiaccianti.

— Il Signore della Guerra ci ricompenserà! — esultò qualcuno.

— Portiamola al carro! — La voce di Soter.

Sid non vedeva nulla e non sentiva il proprio corpo. Forse era sdraiata a terra, forse era legata, o forse no. Si sforzò di reagire. Immaginò di scuotersi, di muoversi, di parlare. Non successe nulla. Era solo un granello di polvere. Con sentimenti, udito e olfatto. Ma pur sempre solo un granello di polvere. Provò un dolore intenso. Forse qualcuno l'aveva colpita, ma non ci avrebbe scommesso. L'unica certezza era che era stata sconfitta. Non poteva più fare niente.

Si lasciò andare.

Nel momento esatto in cui lo fece, sentì accentuarsi i sensi che le erano rimasti. L'odore misto di legno, foglie e terra le si avventò addosso come era successo durante il tragitto verso la baracca. Ma molto più intensamente. Mille suoni diversi si accavallarono uno sull'altro: scricchiolii, versi di animali, acqua che scorre. Nessuna voce, nessun suono dai suoi nemici. Come se fosse rimasta sola, sospesa nel centro del suo mondo.

Non poteva fare più niente. Si concesse il lusso di annegare nella musica dell'Olimpo e nel suo profumo vitale. Ma sentiva che per il granello di polvere era tutto finito.

***

Luce stava benissimo. L'acqua della piscina era tiepida e c'era caldo. Craig e Jamar non erano troppo molesti. Il pomeriggio non era andato come lei aveva programmato, ma si stava rivelando molto piacevole.

Adocchiò un piccolo cuscinetto di gomma, bombato ai lati, che galleggiava di fianco a lei. Due spanne di grandezza. Rosso. Lo afferrò e se lo mise sotto la nuca facendo il morto. Una comodità senza pari. Avrebbe potuto rimanere lì a galleggiare e abbronzarsi per ore.

— Cosa combini? — rise Dude appena la vide.

— Chiunque abbia inventato questo aggeggio è un genio del relax — sospirò lei.

— Il genio del relax sei tu — scoppiò a ridere Dude. — Quello è un *pull buoy*, non un cuscino!

Luce smise di fare il morto, prese il... pull non-si-capisce-che e cominciò a studiarlo.

— E a cosa servirebbe? — domandò poco convinta. Era così comodo come cuscino che non riusciva a immaginarne un altro utilizzo.

— Devi stringerlo sopra le ginocchia e nuotare usando solo le braccia — le spiegò lui. Poi nuotò fino a bordo vasca, ne prese uno simile e fece qualche bracciata avanti e indietro per mostrarle come utilizzarlo. — Visto? — disse a conclusione della dimostrazione.

Luce si rimise il *pull buoy* sotto la nuca.

— Per me è un cuscino — concluse.

Dude la imitò. — Immagino che sia impossibile farti nuotare per più di due metri! — scherzò.

Rimasero a galleggiare vicini per un po'.

— Non ti dispiace per Hoon? Anche lei e Sid si sarebbero divertite qui — mormorò Dude.

Luce ci pensò un po' prima di rispondere.

— Ci raggiungeranno alla festa — mormorò alla fine con un tono lugubre.

— Ma non avete litigat…

— Forse! In un certo senso! — lo interruppe lei. — Ma ci conosciamo bene. Hoon sa che io ogni tanto mi lascio prendere la mano e io so che lei tende a preoccuparsi troppo. Ci basterà lasciar passare un po' di tempo per sbollire la rabbia. Ci chiederemo vicendevolmente scusa e tutto tornerà normale. Ci è già successo.

Dare quelle spiegazioni a Dude le servì per chiarirsi le idee e Luce si sentì abbastanza serena per andare a fondo riguardo a ciò che era successo durante la mattina.

— Rispetto al fatto che forse c'è qualcosa di strano nei nostri poteri, probabilmente ha ragione lei. Ma ho ragione io sul fatto che noi, e soprattutto Hoon, dobbiamo pensare anche a qualcos'altro oltre alla nostra vita di dee. Non siamo solo quello. Adesso lei, Sid e magari anche Morfeo, staranno facendo mille ipotesi su quello che è successo. E quando ne avranno in mano un numero sufficiente, verranno alla festa. Ne sono sicurissima.

Tacque per un attimo e poi aggiunse: — Noi tre siamo diversissime, ma siamo sempre riuscite a capirci lo stesso.

— E noi due? — chiese Dude.

Luce rimase senza fiato. L'ultima cosa che si sarebbe aspettata in quel momento era una domanda simile. Si sentì spiazzata. E non le succedeva spesso.

Poi un tonfo. Litri di schizzi. Lei si ritrovò sott'acqua con un piede di Craig sulla pancia e i capelli di Jamar in faccia. Quei due fetenti si erano tuffati a bomba tra lei e Dude! E ovviamente avevano scelto il momento peggiore per farlo...

— Siete Iperorrendi! — sbottò lei appena riemerse.

I due ragazzi ridacchiarono lanciando un'occhiatina interrogativa a Dude.

— È tardi — fece Jamar. — Se non ci sbrighiamo la festa alla spiaggia comincerà senza di noi!

— Senza voi due, sarebbe bellissima! — scherzò Luce, ma non troppo. Come se niente fosse, Craig le si appoggiò con tutto il suo peso sulle spalle e la fece andar sotto di nuovo.

***

Sulla spiaggia la festa di fine anno era stata organizzata alla grande. C'erano bancarelle a non finire, padiglioni di giochi e rifornitissimi stand gastronomici. In mezzo sciamavano studenti di ogni età. In fondo, vicino agli scogli che si innalzavano in un alto promontorio, una parte della spiaggia era stata attrezzata come una pista da ballo. Le luci della postazione del dj erano già accese.

Ma c'era anche una stranissima atmosfera. Come se tutti parlassero a voce troppo alta o troppo bassa. Urla e sussurri. Niente via di mezzo. C'erano già almeno un centinaio di ragazzi, ma nessuno di loro dava le spalle al mare. A Luce sembrò quantomeno strano.

— Guardate! Là si spara con la carabina ad aria compressa — avvertì Craig su di giri.

— Vi straccio tutti, soprattutto Dude! — esclamò Jamar.

— Dimostralo! — rispose lui.

"Accidenti alle carabine" pensò Luce. Ma visto che non c'era modo di liberarsi dei due intrusi accettò di giocare. Peccato che quanto a mira fosse una schiappa totale. I ragazzi sembravano elettrizzati. Si misero a discutere sulle postazioni, soppesarono le carabine come se fossero dei veri esperti e fecero scommesse su chi sarebbe stato il primo a fare punto e chi il primo a farne dieci e su una serie di altre amenità che Luce non si prese la briga di ascoltare. Rispose di sì a tutto, tanto per accorciare i tempi della sofferenza. Come ci si potesse entusiasmare tanto sparando con una stupida carabina a delle stupide sagome di strastupide paperelle rimaneva un mistero.

Luce finì nella postazione di fianco a quella di Dude. E più che sparare al bersaglio, guardava lui.

Era bravo e mentre mirava era proprio bellissimo. E non faceva nemmeno tutte quelle smorfie da "come sono concentrato" in cui si esibivano i suoi due molestissimi amici.

Alla fine si arrese e provò a giocare. Con i primi sei pallini non centrò nemmeno una papera. Avrebbe fatto qualsiasi cosa pur di interrompere quello strazio. Appoggiò al bancone la carabina e si voltò verso Dude.

— Finisci tu anche i miei colpi, per favore — gli disse depressa.

Lui la guardò come se gli avesse appena regalato un'astronave, lunapark incorporato. — Sei sicura? — chiese, incredulo.

Luce annuì ridacchiando e gli passò i gettoni che le restavano. Se per vederlo così felice bastava liberarsi di un supplizio, fino a quel giorno si era fatta troppi problemi.

Dopo un tempo che a Luce sembrò infinito, la gara si concluse. Dude con il doppio dei colpi e una mira niente male aveva fatto un punteggio incredibile e stracciato i due molesti. Vinse il pupazzo più orripilante che lei avesse mai visto. Poteva essere un cucciolo di ippopotamo, o un rinoceronte senza corno o un ammasso di stoffa priva di qualsiasi riferimento. Impossibile anche solo pensare che ne potesse esistere un altro di tale bruttezza. In compenso era color grigio topo di fogna. E nemmeno pulitissimo.

Dude se lo rigirò un po' tra le mani. Sembrava non sapesse bene che farsene. Craig e Jamar cominciarono a darsi di gomito ridacchiando. Si dissero qualcosa.

— Ti piace? — chiese Dude a metà tra l'incerto e l'imbarazzato.

— Ha una sua personalità — rispose lei. Non ebbe il coraggio di dire la verità, cioè che era talmente orribile che nemmeno Hoon avrebbe voluto saperne di tenerlo.

— Allora è per te! — fece Dude orgoglioso. E glielo diede.

Improvvisamente il pupazzo diventò un cucciolone bellissimo, unico e grigio perla. Persino pulito. Anzi, scintillante. O quasi.

— Un altro giro? — chiese Craig.

— Certo! Devo rifarmi! E stavolta niente gettoni extra per Dude — rispose Jamar.

Luce non avrebbe resistito a un altro pestilenziale quarto d'ora passato in quel modo.

— Io vado a prendere da bere — mormorò, sperando di incontrare qualcuno della sua classe.

— Ho sete anch'io. Ti accompagno! — disse Dude.

Luce si accorse del sorriso di beatitudine che le si stava stampando in faccia, ma non fece nulla per trattenersi. Sentì che Craig e Jamar esplodevano nell'ennesima raffica di risatine. Ma non gliene importava niente: Dude aveva preferito lei a carabina, amici e paperelle.

Mossa sbagliata

Nazan ormai era lontana. A cavallo di Telos, Hoon abbracciava Jared mentre attraversavano il cielo in direzione del villaggio della Sinfalide. L'Olimpo era cambiato molto dall'ultima volta che l'aveva sorvolato. Stava tornando quello che era stato prima che Ares se ne impossessasse. Non sembrava lo stesso mondo che aveva rischiato di essere ingoiato da Caos. La voragine che lui aveva creato si era riempita d'acqua e trasformata in uno splendido lago. Gli animali non se ne stavano più nascosti e Jared le mostrava tutti quelli che incontravano. Il vento portava con sé profumo di gioia. La vegetazione era rigogliosa e i fiumi scorrevano carichi d'acqua.

Hoon fece una carezza al leucrota che volava velocissimo grazie alla sua spettacolare apertura alare. Lui rispose stridendo allegramente.

— Cosa c'è là? — chiese la dea indicando a Jared una strana nuvola di polvere che si alzava dal terreno parecchio più avanti.

Lui allentò le briglie e le tirò verso il basso per far puntare Telos in direzione della nube. Man mano che si avvicinavano, il vento cambiava. Al posto del profumo di gioia portava odio, muggiti e clangore di armi.

Appena riuscì a vedere cosa sollevava quel polverone Hoon rabbrividì.

C'erano Tauri e Lykaon e sembrava che combattessero tra loro. Tempo prima Sid aveva ipotizzato che tra gli scherani di Ares si sarebbe scatenata una guerra per la successione al comando dell'Olimpo. Forse aveva avuto ragione.

— Attenzione! — le urlò Jared.

Hoon non ebbe il tempo di capire a cosa dovesse stare attenta. Sentì una serie di sibili, poi un rumore sordo seguito da un gemito di Telos, che perse l'assetto di volo. Una freccia gli aveva centrato l'ala destra.

— L'hanno colpito! Perderà le sue capacità mimetiche! — gridò Jared.

Con un guizzo il leucrota recuperò stabilità, manovrando soprattutto con l'ala sinistra. Quella colpita era rigida e a ogni battito pareva più lenta, come se si stesse paralizzando.

— È un dardo avvelenato. Dobbiamo atterrare e levarglielo! — avvertì Jared.

Hoon avvistò un gruppetto di Lykaon che si era accorto di loro e si preparava ad attaccarli con altre frecce.

— Allontaniamoci! — ordinò.

Il dio dei Sogni cercò di guidare Telos in uno strano volo a strattoni zigzaganti per evitare che fosse colpito di nuovo. Lei evocò i suoi poteri, sentì gli occhi accendersi di potente luce violacea e schiantò sui suoi assalitori una raffica di folgori. Il leucrota cominciò a planare verso terra.

— Telos non ce la fa più — disse il dio dei Sogni indicando l'ala ferita, spiegata ma ormai completamente rigida. — Finiremo in mezzo alla battaglia.

— Io sono pronta.

Hoon si aggrappò alle redini. Ormai stavano scendendo in picchiata. A stento Jared riuscì a schivare altre raffiche di frecce, poi Telos atterrò malamente e sbalzò a terra entrambi. L'impatto fu violentissimo.

Per un attimo Hoon vide tutto nero. Appena le si schiarì la vista, scorse Morfeo estrarre la spada di fianco al leucrota accasciato al suolo e alcuni degli scherani di Ares correre verso di loro armi in pugno.

— Stai bene? — le urlò Jared.

— Proteggi Telos — gli gridò lei. Mentre si alzava, le

gambe le cedettero. Riprovò a sollevarsi. Ci riuscì con fatica mentre cercava di mettere a fuoco tutti i combattenti in campo.

Un Lykaon con una tunica logora sollevò l'accetta per colpire Telos. Jared reagì all'istante, ma prima che potesse intervenire, Tunica Logora fu colpito da una daga scagliata da un Tauro con un corno spezzato.

Un altro raggruppamento di Lykaon proveniente da destra assalì Jared, Corno Spezzato e alcuni dei suoi compagni. Hoon andò in loro aiuto, schiantando la maggior parte di quelle bestiacce con una raffica di folgori.

Corno Spezzato la guardò per un istante con aria stupita. Poi chinò la testa in segno di ringraziamento e tornò a gettarsi nella mischia al fianco dei suoi e di Jared che cercava di proteggere Telos dall'ennesimo assalto. A Hoon non serviva altro per sapere da che parte stare.

***

Sulla spiaggia Luce e Dude erano finalmente soli. Se ne stavano seduti di fronte al mare, con le lattine sulla schiena del pupazzo grigio appoggiato sulla sabbia. Lei cominciò a frugare nella borsa.

Visto che lui le aveva appena regalato quello splendido

e rarissimo peluche, aveva una scusa buona per dargli ciò che gli aveva preso.

— Accidentaccio! — mormorò. Per qualche strano motivo le sue borse avevano il pessimo vizio di far sparire qualunque cosa lei ci avesse infilato.

— Problemi? — le domandò Dude.

Con un tempismo perfetto Luce estrasse il pacchettino.

— Solo se questo non ti piacerà! — sospirò e glielo lanciò. Dude lo afferrò al volo. — Ma in cambio devi darmi una moneta o porterà sfortuna.

Luce si godette beatamente l'espressione emozionata e soddisfatta di Dude che apriva il regalo e ancor di più quella che fece quando tirò fuori il coltellino multiuso.

— Grazie, ma… perché?

— Ho trovato delle megaofferte e non ho potuto resistere — minimizzò lei. Le venne voglia di darsi un pugno. Qualsiasi risposta sarebbe stata meglio di quella. Ma a Dude non doveva essere dispiaciuta perché scoppiò a ridere.

— Adesso sono più tranquillo — scherzò. — Temevo di doverlo usare per difendermi da Ares.

Appena l'ebbe detto, cambiò espressione e divenne cupo. Nello stesso momento si alzò uno strano vento, con un odore di iodio e salsedine intenso e sgradevole. Le onde sembravano più dense di quanto avrebbero dovuto e per qualche secondo il chiacchiericcio della gente sulla spiaggia si interruppe. Luce ebbe un brivido. Stava per chiedere all'amico se sentiva qualcosa di strano, ma lui la precedette. — Mi dispiace non potervi essere utile in tutta questa storia dell'Olimpo — mugugnò a bassa voce.

Luce sobbalzò. L'ultima cosa che si sarebbe aspettata era che volesse parlare di quello. Di recente quando erano insieme si limitavano a scherzare e a lei andava benissimo. L'argomento poteri lo affrontavano già abbastanza quando c'erano anche Hoon o Sid.

— Non hai nessun obbligo — tentò di rassicurarlo. — Se riuscirai a dirci dov'è la pietra, sarà grandioso. Se non ci riuscirai tu, ci penserà Hoon con i suoi *clic*. Oppure troveremo un altro modo.

Lui non sembrò convinto. Alzò il busto e raccolse le ginocchia al petto.

— Nessuna ha mai avuto dubbi sul fatto di metterti al corrente di tutto — continuò lei. — Nessuna ha mai avuto dubbi su di te. E nessuna ti accusa se non puoi localizzare quel maledetto rubino.

— Forse il problema è che non sono tanto ansioso di sentirlo di nuovo — intervenne Dude. — La prima volta che è successo vi ho aggredite e non voglio che accada ancora. Non voglio nemmeno rischiare di farti del male.

— Io so che tu non lo farai — asserì lei tranquilla.

— Come fai a saperlo? Sono solo un ragazzo qualunque. Non come Morfeo e nemmeno come te, Sid e Hoon. Non ho niente di speciale su cui contare.

— Sei dalla nostra parte e sei disponibile ad aiutarci. Questo ci basta — rispose Luce. Ci pensò un attimo e aggiunse: — E di speciale hai moltissimo.

Dude le sorrise e l'abbracciò. — Grazie — mormorò.

Era così bello, così tenero e così intenso che Luce non poté più trattenersi. "Tanto lo sa che io sono il tipo che si lascia trasportare" pensò e quello fu il suo ultimo pensiero prima di lasciarsi trasportare davvero.

Baciò Dude. Un migliaio di fuochi artificiali le esplosero nel cervello. Si ritrasse col dubbio di aver fatto la mossa sbagliata. E se adesso lui non l'avesse più voluta vedere? Provò a guardare il mare e a far finta di niente. Pessima tattica. Si voltò verso Dude.

Sorrideva. La guardava. Sembrava felice.

Dude l'attirò a sé e questa volta fu lui a baciarla. Nel cervello di Luce ci fu un'esplosione stellare degna di una supernova. Allora lei ebbe l'assoluta certezza che quella che aveva fatto era esattamente la mossa giusta.

L'emozione senza nome

Nella sala centrale della grotta, l'anello di mare che circondava l'isolotto su cui divampava la Fiamma d'Oro pullulava di meduse trasparenti e rosacee. Attirate dallo scintillare della pietra di Poseidone che Ares teneva immersa, arrivavano a frotte.

Il Signore della Guerra aveva recuperato forze sufficienti per portare avanti il suo piano. Era sdraiato su un fianco, sul bordo della roccia di fronte all'isola.

Quando la superficie dell'acqua si trasformò in un brulicante tappeto di meduse, estrasse l'acquamarina di Poseidone dal mare e la sfiorò a più riprese.

Alcune meduse cominciarono a girare su se stesse, lentamente, a gonfiarsi e ad avvinghiarsi una all'altra. La loro danza, di solito sommersa, si trasferì in superficie. I loro tentacoli, ogni secondo più lunghi, si moltiplicarono all'infinito. Alcuni si congiunsero fino a formare un corpo lungo e ovale e altri rimasero a fluttuare nell'aria come braccia spettrali.

Quando le creature nate da quella straordinaria mutazione superarono i due metri, Ares sfiorò un'ultima volta l'acquamarina.

— Portatemi gli umani, mie Aqualoon! — ruggì.

Nella caverna echeggiò il gorgoglio di risposta che le creature emisero insieme, prima di tornare a immergersi nel loro elemento naturale. Ares le guardò sparire in profondità. Lasciò andare l'acquamarina che, fluttuando nell'aria, tornò a incastrarsi nel suo alloggiamento sullo scudo.

Il Signore della Guerra si sollevò a fatica. Con incedere lento, arrivò fino alla parete. Prese lo scrigno di bronzo.

Presto le Aqualoon sarebbero tornate da lui portando le prede di cui aveva bisogno. Gli inutili mortali, privi della sostanza del vero potere, avevano forma solida e stabile. Con la loro struttura fisica Ares avrebbe ricostruito il proprio corpo. Ma solo uno di loro avrebbe potuto condurre un numero sufficiente di umani tra le braccia delle Aqualoon. Il ragazzo che poteva ascoltare il rosso rubino di Dioniso. Era giunto il momento che lo sentisse di nuovo.

***

Meraviglia delle meraviglie. Ogni giorno, anzi migliaia di volte ogni giorno, Luce aveva immaginato quel momento. Lo aveva pensato, lo aveva desiderato, lo aveva sperato. In mille modi diversi, in diecimila situazioni diverse, in centomila posti diversi.

Quello che non si sarebbe aspettata era che sarebbe stato persino meglio di come l'aveva sognato.

Non era mai stata così felice e le sembrava che per Dude fosse lo stesso. Le sorrideva con gli occhi che gli scintillavano. — Non puoi immaginare quante volte l'ho desiderato! — rise lui e la baciò di nuovo.

Luce ebbe l'impressione di volare.

Poi Dude ricominciò a ridere. — Ho appena baciato una dea! — le sussurrò con complicità.

Anche lei rise, ma non riuscì a dire nulla. Per la prima volta in vita sua. Si accoccolò vicino a lui e desiderò che quel momento non finisse mai.

— Ce l'hai fatta, finalmente! — la voce di Craig.

— Credevamo che non ti saresti mai deciso! — berciò Jamar che si buttò addosso a Dude, forse con l'idea di fargli i complimenti per la sua impresa.

L'ennesima intrusione dei due molesti per eccellenza. L'esatto contrario di quello che Luce voleva.

— Dobbiamo festeggiarvi! Paghiamo da bere — vociò Jamar, come se volesse essere certo che tutta la città lo sentisse.

— Perché non andate a fare un giro dall'altra parte del mondo? — ridacchiò Dude.

— Dopo. Tanto la vostra storia durerà poco, visto che lunedì prossimo alle sette Luce sposerà me! — esclamò Craig.

Dude lanciò un'occhiata interrogativa a Luce. Lei gli fece un cenno d'assenso. Tanto valeva festeggiare visto che quei due non sembravano aver voglia di cedere.

— Cinque minuti e vi levate di mezzo — disse Dude rivolto agli amici, ma sorridendo a lei.

— Vedremo! Alzati, mia futura sposa! Vieni con noi al bar della pista — fece Craig e la sollevò di peso.

— Datemi due minuti e mezzo e vi raggiungo. — Luce si divincolò dal Molesto Numero Uno e strizzò l'occhio a Dude che le sorrise. — Vedo se Sid e Hoon sono arrivate.

Gli allungò il meraviglioso pupazzo.

— Me lo tieni tu intanto? — gli chiese con un sorriso.

Lui annuì.

Luce era davvero convinta che le amiche fossero lì o che sarebbero arrivate a momenti. Moriva dalla voglia di raccontare loro quello che era successo. Erano passate parecchie ore dalla sua discussione con Hoon, quante ne bastavano per ritrovarsi tranquille… e con una grande notizia.

***

Solo musica e profumo. Sid non avrebbe mai immaginato che la peggiore delle sue sconfitte l'avrebbe portata a una tale sensazione di pienezza. Non riusciva a parlare né a vedere. Non sapeva dov'era né se aveva ancora un corpo. Eppure aveva la stessa stupenda sensazione di quando trasformava la sua ossidiana in un'arma. In quei momenti era come se lei e il mondo fossero una cosa sola. Solo che la pietra impiegava pochissimo per trasformarsi. A quel punto Sid si trovava in quello stato da… non lo sapeva. Forse erano pochi secondi, forse mesi. Non era nemmeno sicura di essere ancora viva. Ma non riusciva a spiegarsi perché non fosse triste. In quella situazione avrebbe dovuto. Ma non era nemmeno felice. Era qualcosa di diverso. Si trovava in uno stato a cui non riusciva a dare un nome e che non aveva niente a che fare né con la gioia né col dolore. Ma che le piaceva molto.

Sarebbe stato più sensato preoccuparsi per tutti coloro che non avrebbe mai più rivisto, per tutti quelli che abitavano nella Sinfalide e a Rainbow Hill. Ares, ovunque fosse, non aveva nessuna intenzione di lasciare libero l'Olimpo. O almeno così sembrava, stando a quello che aveva sentito dire ai suoi assalitori.

Lei avrebbe dovuto rimpiangere di non poter vedere più Hoon e Luce. E Dude, e Morfeo. E i suoi. E Daimon.

Invece c'era solo quella strana sensazione che le diceva che era stata fortunata a conoscere tutti loro, che erano straordinari e speciali, che lei ci fosse o meno.

"Spero solo che possano essere felici" pensò. E si lasciò di nuovo annegare nel profumo e nella musica.

***

Lo strano scontro tra fazioni avverse di Tauri e Lykaon era appena terminato. Con le sue folgori Hoon aveva dato la svolta decisiva. Stremati dalla lotta, i sopravvissuti della fazione vincente si lasciarono cadere a terra per riposare.

Hoon raggiunse Jared da Telos. Il leucrota era a terra, immobile e con gli occhi chiusi. Il suo respiro era debole.

— Cosa facciamo? — chiese Hoon preoccupata.

— Tienilo fermo. Provo a levargli la freccia — rispose Jared. E mentre lei gli immobilizzava l'ala, Morfeo estrasse il dardo. Il corpo di Telos fu scosso da un fremito di dolore.

Jared scosse la testa.

— Il veleno è già in circolo. Forse Sicano potrebbe fare qualcosa, ma non credo che ci sia il tempo di...

— Vado a prenderlo! — fece Hoon e allungò la mano verso l'orecchino da cui pendeva la sua ametista. Era pronta a transitare al volo sulla Terra per catapultarsi alla Sinfalide, trovare il vecchio con gli occhi di pietra e portarlo immediatamente lì. Ma una mano poderosa fermò il suo braccio.

— Se lo permettete, io posso aiutarlo — era Corno Spezzato.

Benché avessero combattuto fianco a fianco, Hoon non era certa di potersi fidare del Tauro. Guardò Jared che annuì. Allora con un cenno invitò il colosso a fare quello che doveva. Lui estrasse dalla bisaccia che portava sulle spalle una specie di sasso piatto e rosso. Si inginocchiò di fianco a Telos e appoggiò la pietra sulla ferita lasciata dalla freccia. Il sasso aderì al taglio come una ventosa.

— Cos'è? — domandò Hoon.

— Si chiama Fiore di Roccia — muggì piano il Tauro. — Se siamo fortunati attirerà il veleno a sé e lo assorbirà. In quel caso diventerà nero. Se rimarrà rosso non ci sarà nulla da fare.

Hoon trattenne il fiato. Le venne in mente che Sicano aveva usato qualcosa di simile per curare Dude, quando sull'Olimpo era stato aggredito da Eadris. Sentì Jared prenderla per mano. Le fece piacere. Era come sperare insieme che Telos ce la facesse.

Mentre aspettavano che la pietra cambiasse colore, nessuno di loro osava parlare. Hoon aveva migliaia di domande per il Tauro, ma in quel momento il desiderio che Telos stesse meglio era più forte di qualsiasi altra cosa.

Il Fiore di Roccia era rosso.

— Io sono Varel — muggì il Tauro senza levare gli occhi dalla pietra.

— E io... — cominciò Hoon.

— So chi siete. Non ci sono molte creature che evocano i fulmini qui sull'Olimpo, nemmeno al villaggio degli uomini.

Calò di nuovo il silenzio. Tutti tenevano gli occhi puntati sulla pietra.

Era ancora rossa.

Aqualoon

Il sole era tramontato e i lampioni e tutte le luci colorate della festa erano accesi. Era una serata bellissima e sarebbe stata perfetta se non fosse stato per l'odore di iodio e salsedine che con l'umidità della sera si faceva ogni momento più intenso. In giro per la spiaggia Luce aveva incontrato la maggior parte dei suoi compagni di classe. Ma di Sid e Hoon nemmeno l'ombra. Sembrava che di tutti gli studenti della città mancassero solo loro due. Pazienza, sarebbero arrivate più tardi. Lei avrebbe tenuto la grande notizia solo per sé ancora per un po'. Intanto sarebbe stata con Dude. I cinque minuti che lui aveva concesso ai due Super Molestissimi erano più che passati.

Quando arrivò al bar della pista, Luce si accorse che Dude non c'era. E non c'erano nemmeno Craig e Jamar.

In compenso c'era Chamirane Groll con Roxana Mejad e Clarisse Vandeburg, una tizia di un'altra classe che guardava tutto e tutti con l'espressione di chi sta per vomitare.

Luce si avvicinò al loro tavolo.

— Scusate, avete visto Dude? Dude Morrison, quello della...

— Sappiamo benissimo chi è! — rise Chamirane. — Prima era qui con Craig e Jamar. Sono andati via insieme.

Luce era senza parole. Perché cavolo se n'erano andati?

— Mi pare di aver sentito che avevano intenzione di fare un bagno, ma non ne sono sicura — aggiunse Roxana.

Fare un bagno? Ma se erano stati in acqua tutto il pomeriggio!

— E hanno anche invitato delle altre ragazze che erano al tavolino vicino al loro — intervenne Clarisse con un sorrisino che grondava odio e... supponenza, forse.

Luce non ci poteva credere. Possibile che Dude non l'avesse aspettata? Possibile che si fosse arrabbiato perché era stata via troppo? Possibile che si fosse già pentito di quello che era successo?

No. Non poteva essere!

— Guarda! Sono proprio lassù... con le ragazze che ti

dicevo! — squittì l'orrenda Vomitilla indicando la cima del promontorio in cui confluiva la scogliera. — Probabilmente stanno andando alla Caletta delle Conchiglie. Forse perché lì l'accesso al mare è più facile, o forse perché è la spiaggetta più romantica dei dintorni.

— Una cosa che tu non potrai mai verificare — l'aggredì Luce. — Chamirane, Roxane… grazie. Ci vediamo dopo.

Se solo ne avesse avuto il tempo, si sarebbe fermata volentieri per infilare le dita negli occhi di Clarisse. Ma le importava molto più di Dude. Non perse nemmeno un secondo e si lanciò all'inseguimento del ragazzo.

Man mano che si inerpicava per il sentierino che costeggiava lo scoglio, sentiva quello strano odore farsi più intenso. Appena ebbe l'impressione di essere a portata di voce, provò a chiamare: — DUDE! DUUUDE!

Lui non si voltò. E non si voltò nemmeno nessuno dei ragazzi che erano con lui.

***

Dude superò il promontorio e cominciò a scendere verso la Caletta delle Conchiglie. Nella sua testa si accavallavano delle voci.

— *Vieni a prendermi…* — echeggiò la prima. Era

quella del suo rubino. La sua pietra aveva ricominciato a chiamarlo.

— *Porta nell'acqua i tuoi amici!* — rimbombò la seconda, cupa e cavernosa, sovrastando la precedente.

— DUUUDE — lo chiamò dall'esterno una voce femminile che gli pareva di conoscere. Ebbe l'impulso di fermarsi, ma la voce cupa rimbombò di nuovo nella sua mente. — *Porta nell'acqua i tuoi amici!*

Dude guardò il mare. Si accorse che ribolliva. Sembrava che ci fosse dentro qualcosa che tentava di affiorare.

— Dude, fermati! — la voce femminile. Forse allarmata, adesso.

— *Portali nell'acqua!* — la voce cupa nella sua testa ora sembrava suadente e rassicurante.

Senza sapere perché, Dude non poté fare a meno di ubbidirle.

***

Quello che stava succedendo non le piaceva affatto. Non era da Dude comportarsi così, quindi doveva esserci un'altra spiegazione. Ma c'era sempre stata una sola ragione per cui lui si era comportato in modo assurdo e non aveva niente a che fare con lei né con qualunque altra cosa che riguardasse la Terra.

Luce lo vide sparire insieme agli altri oltre la cima del promontorio. Estrasse il cellulare di tasca continuando a salire, di corsa. Senza fermarsi compose il numero di Hoon, sperando che fosse finalmente tornata.

— Il numero selezionato non è al momento raggiungibile. La preghiamo di…

Al diavolo la vociaccia del malaugurio telefonico!

Provò a richiamare, sempre correndo.

— Il numero selezionato non è al moment…

Al diavolo due volte!

Luce spense il cellulare e raggiunse la cima del promontorio con il fiatone e le gambe irrigidite dallo sforzo. Se alle sue spalle c'erano le luci della festa, la Caletta delle Conchiglie giaceva nell'oscurità. Riuscì lo stesso a individuare i ragazzi che scendevano verso la spiaggia ed ebbe l'impressione che l'acqua del mare ribollisse. Il vento cominciò a spirare a raffiche.

Tenendo in mano il cellulare, Luce cominciò a scendere. Da quella parte della scogliera l'odore di iodio e salsedine era talmente forte da diventare nauseante.

Accidenti! Perché Hoon e Sid non erano lì?

Dude e i ragazzi avevano ormai raggiunto la spiaggia e lui li condusse vicino all'acqua. Uno a uno entrarono. Poteva sembrare solo un gioco, o una sfida, ma nessuno si era tolto nulla di dosso.

— Fermatevi! — urlò Luce continuando la sua corsa in discesa. Poi si rese conto che le raffiche portavano la sua voce dalla parte opposta. Nessuno l'avrebbe più potuta sentire.

Dalla superficie del mare affiorarono strane ombre. Luce non riuscì a capire cosa fossero. Ma vide perfettamente che circondavano i ragazzi.

Poi il vento portò le loro urla. E quelle di Dude.

Luce era terrorizzata. Voleva arrivare al più presto nell'acqua per condurre fuori di lì almeno lui. Accelerò. Ancora urla.

Doveva intervenire, ma da sola non era così sicura che ce l'avrebbe fatta. Aveva bisogno delle amiche, e subito. Perché cavolo non aveva dato retta a Hoon? Perché cavolo le aveva detto quelle cose?

Altre urla. Luce frenò di colpo. Digitò al volo un sms e lo mandò al cellulare di Hoon, nella speranza che arrivasse presto e lo vedesse. Si rimise a correre. Urla, di nuovo. Guardò il mare. Alcuni dei ragazzi vennero trascinati sott'acqua. Altre urla.

Arrivata alla spiaggia, Luce poté individuare chiaramente la forma delle ombre. Gigantesche meduse i cui mille tentacoli si avvinghiavano attorno ai corpi dei ragazzi ancora in superficie. Il più vicino a riva era Craig, che con il volto sfigurato dal dolore sembrò riconoscerla.

— Vattene! — gridò.

Un attimo dopo fu trascinato sott'acqua.

Dude era poco più in là. Lui non gridava più. Si lasciava abbracciare dal suo assalitore con un sorriso idiota stampato in faccia.

Luce non aveva un piano. Non aveva idea di come liberare lui o gli altri. Ma non poteva lasciare Dude a quella creatura. Avrebbe improvvisato.

Gettò a terra il cellulare e si buttò in mare.

Era appena entrata quando sentì gli scivolosi tentacoli di una delle creature marine attorcigliarsi alle sue gambe. Quando tentò di divincolarsi, un dolore lancinante le arrivò direttamente al cervello.

— Lasciami! — gridò sbattendo le ciglia e sperando che a quel testone senz'occhi il suo ordine potesse arrivare ugualmente.

Per un istante ebbe l'impressione che funzionasse. Cercò Dude e lo vide finire sommerso. Ma subito altri tentacoli le si avvinghiarono alle gambe e al busto, tirandola verso il basso. Un'altra ondata di dolore. Troppo intenso perché lei potesse ragionare.

Se solo Hoon e Sid fossero state lì. Hoon… Sid…

" Aiutatemi" pensò. E fu buio.

Fiore di Roccia

Il Fiore di Roccia sulla ferita di Telos era ancora rosso. Hoon sentì un groppo in gola. Durante lo scontro con Caos avevano già perso Klarios. Lei non avrebbe mai voluto perdere un altro leucrota.

Soprattutto Telos. E poi, come avrebbe potuto dirlo a Sid?

La pietra scricchiolò. Hoon ebbe l'impressione che si stesse spezzando. Il suo cuore perse un battito.

— Ci siamo — muggì piano il Tauro.

La linea frastagliata che attraversava la pietra non era una crepa, ma una venatura scura che affiorava velocemente. Subito ne comparve un'altra, e poi un'altra ancora. Ne apparvero moltissime e insieme andarono a comporre un intricato reticolo che si impossessava via via di tutta la superficie della pietra.

— Funziona! — esclamò Morfeo.

Il Tauro annuì.

— Tra non molto la vostra cavalcatura sarà di nuovo in grado di volare. Non fatela affaticare.

— Grazie — mormorò Hoon.

— Felice di esservi stato d'aiuto — muggì il colosso e fece per andarsene.

Hoon non aveva dimenticato tutte le domande che aveva da fargli. Ora che per Telos il pericolo era passato non poteva perdere l'occasione.

— Varel... — cercò di trattenerlo. — Avrei alcune cose da chiederti.

Il Tauro si fece immediatamente più cupo. La scrutò con attenzione come per soppesarla.

— Perché ci avete aiutato? Perché stavate combattendo? — insistette lei.

— I leucrota sono animali preziosi — rispose Varel con l'aria di non voler aggiungere altro. Hoon continuò a fissarlo. Lui strinse le mascelle e proseguì: — Io e il mio gruppo abbiamo abbandonato la Città degli Dei. Ci siamo imbattuti in altri squadroni in movimento. Ci hanno ordinato di unirci a loro. Abbiamo rifiutato. Una pattuglia è stata lasciata indietro perché la nostra disobbedienza fosse punita. Poi siete arrivati voi. Ed è stato un bene per tutti. Ti basta?

Uno
Stracatastrofico,
ipercaotico
extrapocalittico
annoscolastico!

La dedica che vi avevo scritto prima era carina ma non rendeva l'idea. Avevo fatto questo libretto come regalo per la fine dell'anno scolastico. Ma vorrei che fosse qualcosa in più. Cioè che:

- vi raccontasse quanto siete importanti
- vi chiedesse scusa da parte mia per tutte le volte che esagero
- vi ringraziasse per essere così tanto mie amiche.

Ma soprattutto vorrei che questo regalo dicesse che il bello di quest'anno è stato conoscere voi.

Luce

PS: Se pensate che fare questo libretto sia stata una passeggiata, sappiate che sono mesi che raccolgo e conservo il materiale!

LA NOSTRA PRIMA FOTO INSIEME

Avevi appena finito di meditare su qualcosa, vero Hoon?

PRIGIONIERI INNOCENTI...

Certo che il fotografo non avrebbe potuto scattare in un momento PEGGIORE!

Amber "Ficcanaso" Cassevetes. Lei magari è un po' impicciona, ma ha una collezione di pupazzi degna di quella di Hoon!

Alex Denim. Vi ricordate quando dicevo che era carino?

CHAMIRANE GROLL. Professionista dell'anti-jella!
ROXANA MEJAD. Le do un 10 per quando mi ha fatto copiare la verifica! Ed era giusta!
PRISCILLA VENOM... ma perchè non si trasferisce?
FRED RINOIR: La spia dei prof!
LE DIVE!
ALTRI PRIGIONIERI INNOCENTI...

... E PERICOLOSI CRIMINALI!
WANTED
DEAD OR ALIVE
REWARD
$ 10.000
KOWALASKY - STORIA:
Un vero peccato che sia un prof!
WANTED
EAD OR ALIVE
REWARD
$ 10.000
MARS - BIOLOGIA:
Quando ti guarda vede solo ammassi cellulari
DEAD OR ALIVE
REWARD
$ 50.000
JOHNSON - LETTERE:
Lei invece non potrebbe essere che una prof!

PRESIDE KERCHAKS – responsabile di tutto il resto

Lui si domanda ancora come mai la vecchia scuola sia crollata!

PRESIDE AMID – responsabile del rendimento

Sta ancora domandandosi perché non ci ha dato la nota che voleva!!!

Come vorrei che succedesse davvero!

Una sola volta... per ogni votaccio che mi dà!

Nemmeno Ares resisterebbe un giorno con loro!

LE ORE MENO SGRADITE...

... QUELLE DI GINNASTICA!

LUNGHI POMERIGGI DI STUDIO

Abbiamo tutte la stessa verifica con la Johnson.
La prepariamo insieme?
Hoon

A casa mia alla 14.30. Preparo tutto io!
Luce

OK!
Sid

Qualcuno non ama sprecare le parole, vero?

Be'... l'intenzione di studiare c'era!

PERFORMANCE DA STUDENTI MODELLO

Lo show dei CLIC!

Pronta per l'interrogazione?
Hoon

Gasp! Di che materia parli???
Luce

Luce Grimaldi

6 - - - -
in fiducia!

Verifica di matematica

PROBLEMA 1

Determinare la posizione reciproca delle due rette:

r: $3x - 5x = 0$

e

s: $2x + 3y - 5 = 0$

La mia prima sufficienza in mate!

Sidney Madison

9
OTTIMI PROGRESSI!

Verifica di matematica

PROBLEMA 1

Determinare la posizione reciproca delle due rette:

r: $3x - 5x = 0$

e

s: $2x + 3y - 5 = 0$

Peccato che Sid l'abbia fatta nell'altra classe! Se solo avessi potuto copiare da lei!

I MOMENTI MIGLIORI DI QUEST'ANNO!

Craig, Molesto Numero 1

Jamar, Molesto Numero 2

E io che mi aspettavo un intervallo romantico!

Priscilla che fa questa faccia la voglio vedere ancora!

Tu e Jared non vi potete lasciare . . .

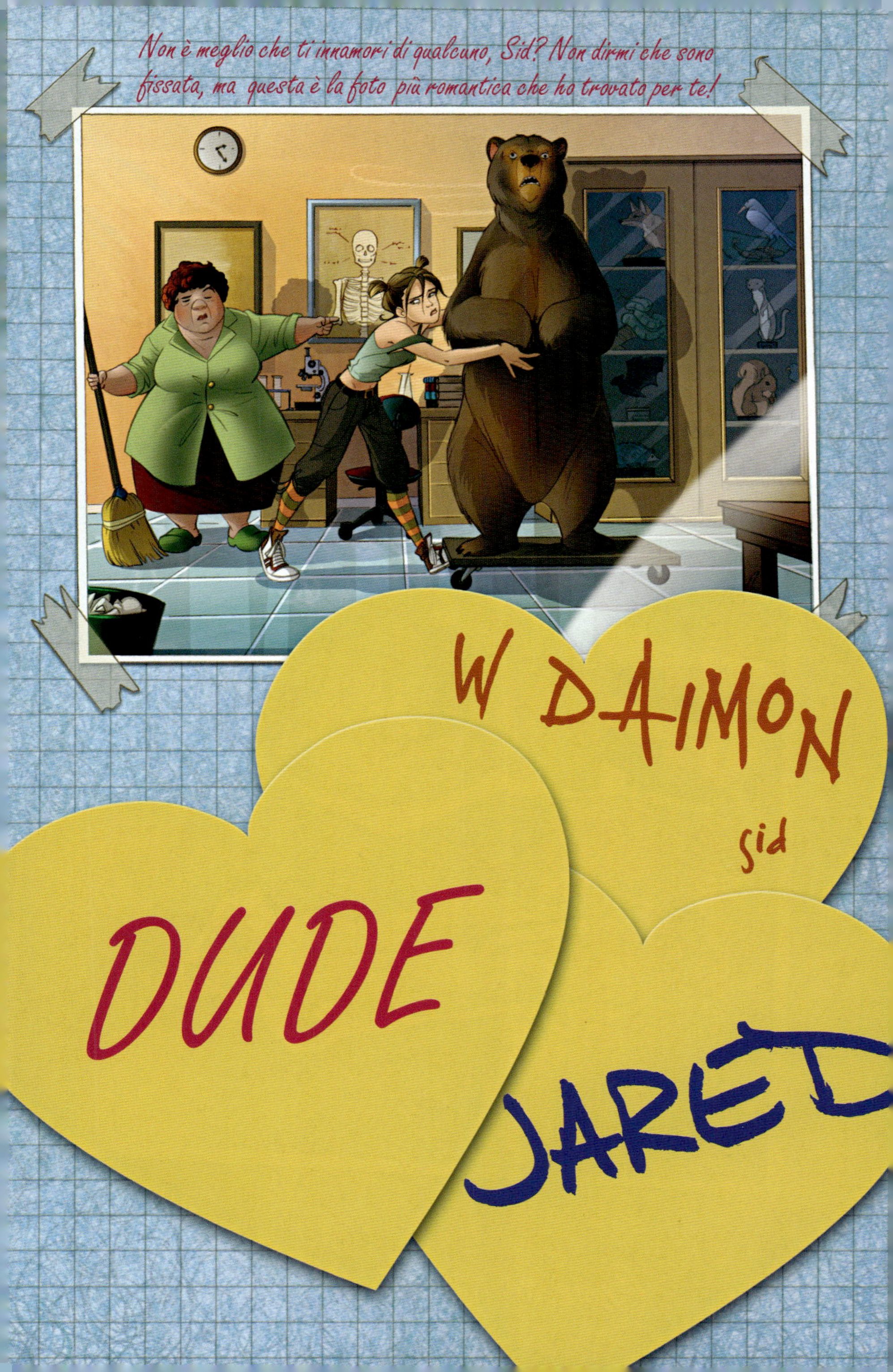
Non è meglio che ti innamori di qualcuno, Sid? Non dirmi che sono fissata, ma questa è la foto più romantica che ho trovato per te!
W DAIMON
Sid
DUDE
JARED

Pronte per le vacanze?

Come se fossimo già lì, vero?

Hoon rabbrividì. Capì che il colosso non le avrebbe detto altro. Ma non le bastava affatto. E poi... squadroni di Lykaon e Tauri in movimento. Non prometteva bene. Non prometteva bene per niente.

Clic

Si sentì impallidire. Vide che il Fiore di Roccia annerito si staccava dall'ala di Telos, ma la sua attenzione era rivolta ad altro.

— Cosa c'è, Atena? — le chiese Jared. La conosceva bene e si era reso subito conto che qualcosa non andava.

— Un *clic*, una specie. Ma con un contenuto strano. Un segnale di pericolo, forse. O una richiesta d'aiuto...

— Da parte di chi?

— Non lo so — ammise lei. — Ma Sid... al villaggio non c'era e nessuno sapeva dov'era. E se fosse uscita con Soter e avesse incontrato...

Voleva dire gli schiavi di Ares, ma si trattenne.

— Uno di noi? — finì per lei Varel, cupo e sulla difensiva.

— Conosci Artemide? — ribatté Hoon.

Il Tauro scosse la testa.

— Sappiamo cos'ha fatto per l'Olimpo e gliene siamo grati. Nulla di più — muggì. Rimase un attimo in silenzio, poi aggiunse: — Ora noi dobbiamo riprendere la nostra strada. Ti auguro buona fortuna.

Fece un gesto che lei non riuscì a capire e raggiunse i suoi. Uno di loro, alzandosi, le scoccò un'occhiatina carica di diffidenza.

Hoon era delusa e preoccupata. Non aveva ottenuto niente. Se veramente Sid fosse stata in pericolo, nessuno avrebbe potuto aiutarla.

— Aspettami qui — mormorò Jared. Le accarezzò un braccio e si diresse verso un Lykaon steso a terra che lui stesso aveva colpito. Lei non ebbe il tempo di chiedergli nulla, perché Telos cominciò a muoversi e le diede un colpetto d'ala per attirare la sua attenzione.

***

Morfeo voleva cercare una risposta alle domande di Hoon entrando nei sogni dell'orrendo Lykaon che se ne stava steso a terra con un ghigno idiota. Lo stato della sua mente priva di sensi non era diverso da quello del sonno.

Gli si inginocchiò accanto. Fece un gesto con la mano ed evocò il vento del Sogno. Chiuse gli occhi e non vide altro che buio. Poi un fioco chiarore cominciò a espandersi dal centro dell'oscurità. In quella luce debole si addensarono immagini definite e stabili della battaglia che si era appena conclusa. Ricordi, non sogni.

Jared vide una daga che trafiggeva un Tauro, un altro che alzava un'accetta, una nuvola di polvere. Niente di rilevante. Vide se stesso che trafiggeva il Lykaon che stava sondando, mentre un altro con il muso sfregiato ringhiava ordini.

— Facciamola finita e raggiungiamo gli altri prima possibile.

Nella mente del Lykaon, Jared vide gli altri. Uno sterminato esercito. L'immagine durò una frazione di secondo, poi cambiò di nuovo.

All'inizio Morfeo vide solo fumo. Poi una baracca in fiamme attaccata dagli scherani di Ares.

— Sono il generale Kamarel! Abbiamo Artemide! Vi ordino di interrompere l'attacco — echeggiò una voce che a Jared sembrò provenire dall'interno della baracca.

Un Tauro imponente, quello che doveva essere il generale, ne uscì portando in braccio Sid, esanime. Jared cercò di non dare spazio alla preoccupazione, che avrebbe interrotto la visione di quei ricordi. Cercò di concentrarsi.

Grida di Tauri esaltati e strida di Lykaon vittoriosi.

— Il Signore della Guerra ci ricompenserà! — esultò qualcuno. Di fianco al Tauro comparve Soter, il ragazzo del villaggio che Sid conosceva. Un Lykaon sbavante gli si avvicinò minaccioso, pronto a colpirlo.

— Sono dei vostri! L'ho catturata io! — sibilò Soter.

In attesa di ordini, il Lykaon sbavante guardò il suo generale che reggeva tra le braccia la dea.

— Torna al tuo posto — muggì il colosso.

L'immagine svanì e tornò il buio del sonno profondo del Lykaon.

***

Forse aveva dormito. O forse no. In quello stato Luce non riusciva a rendersi conto del passare del tempo. Appena la gigantesca medusa l'aveva tirata sott'acqua, aveva avuto l'impressione di affogare. Ma quando era stata sul punto di perdere i sensi, la bestiaccia che la teneva stretta nei suoi tentacoli aveva prodotto una sostanza gelatinosa con cui le aveva avvolto il viso. Da quel momento lei era riuscita a respirare. Ma lì nelle profondità del mare non vedeva altro che un vago luccicore, forse prodotto dai corpi delle altre meduse.

Non riusciva a individuare Dude e gli altri ed era prigioniera. Aveva freddo e un disperato bisogno di essere ottimista, ma nulla a cui aggrapparsi. Molto probabilmente si sarebbe trovata di fronte ad Ares… e senza Sid e Hoon. Non erano mai riuscite a sconfiggerlo insieme… Cosa avrebbe potuto fare lei, da sola?

Si sentì condannata, come Dude e tutti gli altri. Le venne da piangere. Poco tempo prima era stata convinta di vivere il giorno più bello della sua vita. Adesso era tutto finito…

Cercò di respingere quel pensiero orrendo. Si stava facendo abbattere dal gelo e dalla paura. Cercò pensieri felici e le tornò in mente quello che era successo alla festa con Dude. Cercò di riviverlo momento per momento, dall'attimo in cui avevano lasciato Craig e Jamar allo spara-paperelle a quando i due molesti erano tornati interrompendoli più o meno sul più bello. Non riusciva a pensarci senza malinconia e rimpianto, ma pensare a quel Dude, e non a quello sotto l'influenza di Ares, le dava speranza. Alla festa era stato emozionato quanto lei e aveva il sorriso più bello del mondo. E nel ricordare quel sorriso a Luce venne in mente che in tutta quella situazione un lato positivo c'era. L'orrida gelatina che la faceva respirare significava che Ares, per qualche motivo, li voleva vivi.

***

I Tauri e i Lykaon al fianco dei quali avevano combattuto si stavano allontanando. Telos si era rimesso in piedi e le zampettava attorno. Sembrava che non fosse mai stato meglio. Morfeo aveva appena finito di aggiornarla su tutto quello che aveva scoperto. Hoon non riusciva ancora a credere che Sid fosse stata veramente catturata. — Sicuro che quelli del Lykaon fossero ricordi? — provò a chiedere, sperando che si trattasse solo di un terribile equivoco.

— I sogni legati ad aspirazioni per il futuro sono evanescenti e leggeri come se fossero disegnati nell'aria — le spiegò Jared. — Quelli legati a ricordi del passato sembrano incisi nella pietra: sono definiti e stabili. Non si possono confondere.

— Dove l'hanno portata? — gli chiese Hoon disperata. — Dov'è Sid adesso?

Morfeo scosse la testa. Nella mente del Lykaon che aveva sondato questa informazione non c'era, e nemmeno in quelle degli altri a cui si era avvicinato.

Hoon sospirò. Guardò Varel che si allontanava con i suoi. Se solo Luce fosse stata lì, avrebbe potuto costringerlo ad aiutarli.

— E se lui sapesse qualcosa che non ci ha detto? — domandò ancora.

— Hanno l'aria dei fuggitivi — rispose Jared. — Il Lykaon che ha partecipato alla cattura di Sid fa parte della fazione che li ha attaccati. Varel ci ha aiutato con Telos senza che noi glielo chiedessimo. Se avesse potuto dirci qualcosa di utile, l'avrebbe fatto.

Il Tauro con il corno spezzato poteva essere uno di quelli che lei, Sid e Luce avevano affrontato nelle battaglie passate. Ciononostante Hoon la pensava come Morfeo. Ma quello che Varel rappresentava la confondeva. La possibilità che non tutti i Tauri e i Lykaon fossero le bestie sanguinarie che lei aveva creduto cambiava completamente l'idea che si era fatta dell'Olimpo. Ed era in quell'Olimpo che doveva trovare Sid.

Si sedette a terra, strappò un ciuffo di fili d'erba e cominciò ad allinearli uno di fianco all'altro. L'Olimpo era grande e lei sapeva poco delle zone che un tempo erano controllate da Ares. E che in qualche modo erano ancora sotto il suo controllo, visto che i suoi scherani agivano ancora per compiacerlo, o peggio, ai suoi ordini. Lei era stata nella Città degli Dei, ma non abbastanza a lungo da poter dire di conoscerla. Era plausibile che Sid fosse stata portata lì, ma plausibile non era abbastanza. Non potevano perdere tempo prezioso a cercarla a caso. Servivano più informazioni.

"Sono un'idiota!" pensò. Prese il Mercur 3000. Ormai si era talmente abituata a vederlo fare cilecca a Rainbow Hill che non aveva nemmeno pensato di utilizzarlo. Né prima quando cercava Sid nella Sinfalide, né adesso. — Mostrami dov'è Sid.

Questa volta il cellulare non si spense. Si attivò in

modalità gps e aprì la mappa. Il cursore a testa di civetta lampeggiò qua e là come se stesse cercando qualcosa, e poi sparì.

— Mostrami dov'è Sid — ripeté Hoon.

Stessa risposta.

Hoon rabbrividì. Le si scatenarono in testa migliaia di congetture. Che Sid non fosse sull'Olimpo o che ci fosse e non fosse rilevabile. Ma se non era rintracciabile avrebbe potuto significare che... No, non era possibile! Magari era il Mercur che non funzionava più come doveva, per qualche cavolo di motivo. In fondo anche a Rainbow Hill era arrivato a spegnersi ogni volta che lei gli aveva chiesto di individuare Ares. Avrebbe potuto non funzionare e basta. Invece si era proprio spento. Forse il cellulare aveva perso la modalità "cercapersone". Hoon decise di credere a quest'ultima ipotesi. Fino a prova contraria, doveva pensare che Sid stesse bene per essere abbastanza serena da trovare il modo di individuarla.

Le venne in mente un'altra cosa che non le tornava: gli squadroni in movimento a cui aveva accennato Varel. Se Soter aveva complottato per attirare Artemide in una trappola, perché erano stati necessari interi squadroni per catturarla?

— Una cosa per volta — si disse Hoon. Decise che per cominciare sarebbe andata a prendere Luce.

I suoi poteri erano indispensabili se dovevano raccogliere informazioni.

— Hoon — la voce di Jared. Lei si riscosse, sollevò il viso e si accorse che le sorrideva.

— Abbiamo una possibilità.

Lei lo guardò per un attimo con immenso amore e sconfinata gratitudine. — Quale? — gli chiese.

Jared indicò il leucrota che continuava a zampettare lì intorno.

— Telos e Sid hanno un legame particolare — le disse. — Possiamo cercarla facendoci condurre da lui.

— Parti subito. Io vado a prendere Luce a Rainbow Hill. I suoi poteri ci servono. Appena la trovo ti contatterò e tu ci dirai dove raggiungerti.

L'isola sottomarina

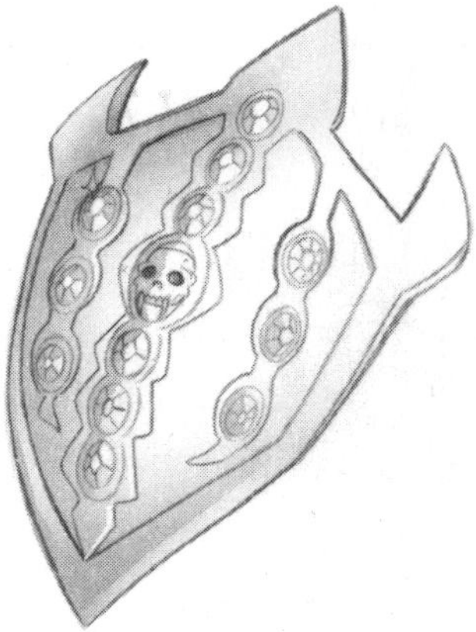

Luce stava riprendendo i sensi. Era intontita e aveva freddo. La prima cosa che la colpì fu l'odore di iodio e salsedine che aveva sentito così forte alla Caletta delle Conchiglie. Realizzò di non essere più nelle profondità del mare, ma sdraiata su un durissimo pavimento di nuda roccia. Fradicia e gelata, ma viva.

Cercò di scuotersi e sollevò appena la testa. Erano tutti in una specie di caverna, immersa in una strana luminosità: le maledette meduse, lei e i ragazzi. Un paio sembravano addormentati, altri se ne stavano seduti con la testa a ciondoloni e un'espressione vacua. Craig e Jamar sembravano ancora assopiti. In quel momento Luce non avrebbe potuto chiamarli Molesto Numero Uno e Due. Le sembravano solo due bambini sovradimensionati.

Accanto a lei c'era una tipa magrissima che conosceva

di vista. Sembrava la più vigile di tutti e piangeva in silenzio.

A una seconda occhiata Luce si rese conto che le meduse gocciolavano sul pavimento di pietra. Trasudavano da ogni parte del corpo enormi lacrime vischiose e pulsanti. Lontane dall'acqua si stavano sciogliendo. La miglior notizia che le potesse arrivare in quel momento! Appena avesse recuperato le forze, c'era una possibilità di tentare la fuga. Poteva usare il quarzo rosa incastonato nella sua collana per trasferire tutti sull'Olimpo e riportarli a Rainbow Hill. Prima però doveva trovare Dude.

Lui non si vedeva. Luce sperò che fosse solo perché non rientrava nel suo campo visivo. Ebbe l'impulso di alzarsi e cercarlo, ma non riuscì a farlo. Si sentiva ancora intontita. Il veleno di quelle meduse doveva avere un potente effetto narcotico.

Respirò a fondo sperando che una boccata di ossigeno la rinvigorisse. Non funzionò. Voltò la testa. Voleva appoggiarla di nuovo a terra e riposare solo un po'. Ma quello che vide le diede la stessa sferzata di una scossa elettrica. Un anello di mare attorno a un'isola. Al centro la Fiamma d'Oro divampava nel braciere, altissima e sfavillante come non l'aveva mai vista. Al suo interno fiammeggiavano sinistre lingue di fuoco purpureo.

Luce non riusciva a immaginare quali avrebbero potuto essere le conseguenze della presenza della fiamma sulla Terra, ma se Ares era riuscito a trasportarla fin lì significava che ne aveva il controllo. Forse anche il recente malfunzionamento dei poteri dipendeva da quello. Esattamente come aveva detto Hoon. Aveva avuto ragione lei. Aveva avuto ragione su tutto. Come sempre. Loro due non si erano potute rendere conto di quello che succedeva, ma i loro poteri avevano percepito la presenza della fiamma.

"A volte sono proprio una stupida" pensò.

Riuscì a sollevarsi sui gomiti e a guardarsi intorno. E vide Dude. In piedi vicino all'imboccatura di una galleria che portava chissà dove. Non sembrava assopito, ma aveva l'espressione di chi guarda senza vedere nulla.

— Voglio andare via! Aiutatemi! — urlò la ragazza che piangeva e si mise a singhiozzare.

— Stai tranquilla. Andrà tutto bene — le mormorò Luce con un tono che sembrava convinto. Ma nemmeno lei ci credeva troppo.

Una ventata d'aria gelida proveniente dalla galleria attirò l'attenzione di entrambe.

Luce rabbrividì.

Una frazione di secondo dopo Ares fece il suo ingresso dall'imboccatura. Imbracciava lo scudo e su di esso scintillavano le otto pietre degli dei superiori che lui aveva sterminato. Il rubino di Dioniso splendeva più delle altre.

Con le sue vuote cavità orbitali Ares sembrò guardare i ragazzi che erano più vicini all'ingresso. Poi artigliò la spalla di Dude con la mano ossuta. — Ben fatto, inutile mortale.

Dude non ebbe alcuna reazione. Restando appoggiato a lui, Ares fece un passo verso Craig, si chinò e gli tastò un braccio in modo sgradevole. Sembrava che passasse in rassegna del bestiame. A Luce parve che il Signore della Guerra fosse soddisfatto, ma anche che i suoi movimenti fossero incerti.

— Portateli all'ara, mie Aqualoon! — tuonò il dio.

Con un ripugnante gorgoglio, le meduse più vicine ai ragazzi mossero i loro tentacoli e li fecero alzare.

— Aiuto! Aiuto! Nooo! — gridò la ragazza che piangeva di fianco a lei quando una delle Aqualoon le attorcigliò i tentacoli attorno alla vita.

Ares si voltò verso la ragazza, ma vide Luce.

— Mi compiaccio, mortale — tuonò scuotendo Dude. — Non chiedevo tanto!

Ormai Luce non aveva più scelta. Puntò gli occhi nelle cavità orbitali di Ares pronta a impossessarsi dei suoi poteri. O almeno a provarci.

Il Signore della Guerra si limitò a voltare la testa.

— Tu non mi servi, adesso, Afrodite! — la schernì.

— E credi che io resterò qui ad aspettare i tuoi comodi? — esplose Luce.

— Non potrai evitarlo — sibilò il dio.

Con tutte le sue forze Luce cercò di appropriarsi dei poteri del dio della Guerra. Lui si limitò a sfiorare la pietra di Efesto sullo scudo e scatenò un'abbacinante vampata di fuoco rossastro che la investì in pieno.

Luce ebbe l'impressione che la parete le crollasse addosso, poi che la roccia la divorasse. In quello stato di confusione e dolore un'immagine molto chiara le si stampò in mente. Subito dopo aver evocato i poteri della corniola di Efesto, Ares aveva vacillato e si era aggrappato a Dude. Il Signore della Guerra era debole.

***

Luci colorate, musica al massimo, ragazzi che ballavano e si divertivano, bancarelle e profumo di frittelle. Hoon ebbe l'impressione che tutta quella normalità di Rainbow Hill appartenesse alla vita di un'altra.

Non voleva perdere tempo a cercare Luce ed estrasse il Mercur 3000. Mentre camminava tra le bancarelle compose il numero. Suonava libero, ma nessuno rispose.

Hoon adocchiò Jane Warton insieme a Fred Rinoir e li raggiunse. Entrambi avevano visto Luce in giro quella sera, ma non sapevano dove fosse in quel momento.

Hoon sospirò e tentò di chiamare di nuovo. Sempre libero. Sempre nessuna risposta.

Sentì una mano sulla schiena.

— Ben arrivata! — le sorrise Chamirane Groll. Era insieme a Roxana Mejad e Clarisse Vandeburg, una tipa che Luce chiamava Vomitilla.

— Vieni a ballare con noi? — cinguettò Chamirane con un tono allegro che andò quasi a coprire il *bip bip* di un messaggio in arrivo sul Mercur.

— Magari dopo. Sto cercando Luce. L'hai vista?

— Credo sia andata alla Caletta delle Conchiglie con altra gente — rispose la Groll.

— Correva dietro a quel Morrison, come al solito — squittì Vomitilla.

Hoon le lanciò un'occhiataccia, ma quella non si lasciò intimidire.

— La Grimaldi corre sempre dietro a Morrison.

— Già. E a Dude fa piacere — s'irritò Hoon. — Ma non sarebbe lo stesso se a corrergli dietro fossi tu.

Hoon sentì Roxana e Chamirane ridacchiare.

— Ci vediamo dopo — le salutò e si incamminò verso il promontorio che portava alla Caletta delle Conchiglie.

— Morrison non la considera nemmeno, la Grimaldi — strepitò Vomitilla ad alta voce, in modo che Hoon la sentisse.

— Peccato che lui dica il contrario — sparò Hoon a voce ancora più alta senza interrompere la sua marcia verso il promontorio.

Non ci fu un'ulteriore replica. Quella Vomitilla era più che irritante. Le aveva quasi fatto dimenticare il messaggio.

Continuando a camminare di buon passo, Hoon controllò lo schermo del Mercur. Un sms da parte di Luce. Lei cliccò un tasto e lo aprì.

BESTIACCE IN MARE
PERICOLO DUDE E ALTRI
ARES SI MUOVE

Maledizione! Hoon si mise a correre. Destinazione Caletta delle Conchiglie. Nella speranza che Luce fosse ancora lì.

Separate

Con il colpo che le aveva inferto utilizzando la corniola di Efesto, Ares l'aveva intrappolata nella parete di roccia. Luce non poteva più muoversi. Solo un ginocchio, un braccio e il volto sbucavano dalla parete.

Immobilizzata com'era, vide Aqualoon in processione che portavano i ragazzi in direzione della galleria da cui era arrivato Ares. Alcuni di quelli più vigili urlavano, gli altri si lasciavano trasportare come se non sapessero nemmeno dove fossero.

I corpi delle meduse sembravano più piccoli, ancora solidi ma molto meno sodi di quanto non lo fossero stati in precedenza. Sul tragitto che stavano percorrendo lasciavano una gorgogliante scia gelatinosa e violacea.

Lui, il malefico dio, era scomparso. Dude invece era

ancora lì. Con lo sguardo fisso si accodò dietro l'ultima Aqualoon che trascinava un ragazzo semisvenuto.

A chiunque altro sarebbe potuto sembrare un servo di Ares. Ma non a lei. Quello era Dude. Il suo Dude.

— Pfff! — sibilò Luce. La sua intenzione era stata quella di gridare, ma il risultato era stato poco più di un sussurro. La roccia che le circondava il torace le impediva di riempire i polmoni.

Dude continuava a camminare dietro l'Aqualoon.

— Dude! — riuscì a rantolare. Inspirò lentamente, cercando di trattenere più aria possibile.

— Sono Luce! Aiutami! — soffiò in un tono poco più acuto del precedente.

Ma questa volta ottenne un risultato. Il ragazzo smise di camminare. Rimase fermo per un po', poi si voltò verso sinistra, in direzione della Fiamma d'Oro che non rientrava nel campo visivo di Luce.

— Guardami… sono qui! — fece Luce, questa volta con una specie di sussurro. Dude la guardò. E sembrò anche vederla. Lei non proferì parola, ma cercò di intercettare il suo sguardo. Appena ci riuscì, sbatté le ciglia.

— Vieni! — sussurrò.

Lui rimase dov'era per un attimo, poi s'incamminò verso di lei.

Mentre si avvicinava, la guardava come se fosse un rarissimo ameboide venusiano. Quando fu a un passo da lei si fermò a scrutarla, come se stesse cercando di ricordarsi dove l'aveva già vista.

Luce non perse tempo. Di nuovo catturò il suo sguardo e di nuovo sbatté le ciglia.

— Svegliati, Dude.

Lui continuò a fissarla come se fosse una bestia rara. Fece una strana smorfia, forse di incertezza.

Lei sbatté ancora le ciglia.

— Svegliati! E trova il modo di liberarmi da qui!

Niente da fare. Dude si limitò a fare di nuovo quella smorfia, questa volta più accentuata. Non era incertezza. Era un misto di paura e dolore. Luce capì che la sua battaglia contro Ares in quel momento si stava combattendo nella mente del ragazzo. Sapeva che il Signore della Guerra, con i suoi poteri e quelli delle otto pietre, era molto più forte di lei. E che entrambi erano più potenti di Dude.

Lui era un umano. Il più prezioso che ci fosse. Ma non aveva poteri e nemmeno modo di difendersi da essi.

Luce sospettò che se avesse continuato nel tentativo di soggiogarne la volontà, esattamente come stava facendo il suo nemico, avrebbe corso il rischio di annientarlo. Dude era già sopravvissuto all'esposizione al rubino di

Dioniso e al controllo di Ares, e lo stesso Sicano non era mai riuscito a spiegarsi come ce l'avesse fatta.

Luce chiuse gli occhi. Non avrebbe più usato i suoi poteri su Dude. Ma non poteva nemmeno lasciarlo andare e abbandonarlo a un destino di schiavitù nelle mani di Ares. Per essere davvero diversa dal Signore della Guerra, doveva combatterlo con armi differenti dalle sue.

Quello che aveva davanti non era un burattino da usare a suo piacimento. Era Dude. Il suo Dude.

Doveva solo lasciarlo libero di essere ciò che era. E aiutare quello che rimaneva di lui a emergere, nonostante tutto.

Il più grande potere era… nessun potere.

— Io ti conosco, Dude. Sei il ragazzo più allegro e divertente che ci sia. Sei dolce e tenero. E hai una volontà di ferro. Ma se sei speciale è perché non sei capace di fare del male. Sono sicura che non lo farai. Né a me né agli altri — gli sussurrò con gli occhi chiusi. — E non permetterai a nessuno di farcene.

Lui emise un gemito e Luce aprì gli occhi. Lo vide indietreggiare con un'espressione sempre più sofferente.

Le venne da piangere. Non sapeva cosa sarebbe successo, non sapeva se l'avrebbe più rivisto, non sapeva niente di niente. E poteva fare ancor meno.

Tanto valeva dirglielo. Poteva succedere di tutto e lei

non voleva che la sua vita finisse senza averlo mai detto a nessuno. Senza averlo mai detto a lui.

— Ti amo — sussurrò. Ma Dude era già lontano. E probabilmente non l'aveva nemmeno sentita.

***

Dopo un tempo che le sembrò lunghissimo, Sid ebbe l'impressione di avere di nuovo un corpo. E lo scoprì nel modo peggiore, perché fu quando qualcuno le sferrò un calcio alla schiena. Ma almeno sentiva ancora di avercela, una schiena.

Poco per volta ricominciò a percepire i suoi piedi, le gambe e le mani. Si accorse di respirare, ed ebbe la consapevolezza dell'aria che le scendeva nei polmoni. Di poter toccare. La sua mano destra doveva essere appoggiata sull'erba. Mentre riacquistava il controllo su se stessa, la musica dell'Olimpo e il suo profumo vitale si facevano più lontani. E quella strana emozione a cui non avrebbe saputo dare un nome cominciava a svanire. Per un attimo ebbe la tentazione di trattenerla. Quello stato di benessere era così raro e sublime che trovava più difficile rinunciare a quello che a tutto il resto. Sentì che ciò che sarebbe successo da lì in avanti dipendeva dalla sua volontà. Si domandò cosa preferisse.

Se lasciarsi andare per sempre a quell'armonia perfetta oppure tornare alla sua vita.

In una serie di flash vide Daimon che le faceva le feste, rivisse il primo abbraccio di Auron dopo che l'aveva ritrovato, sentì le carezze di sua madre. E mille frammenti di lei, Luce e Hoon insieme. Piccoli litigi, risate, lacrime e abbracci. Poi di nuovo la musica dell'Olimpo e il suo profumo si fecero intensi e la sensazione senza nome esplose potente come prima.

Sid sapeva che non avrebbe potuto avere tutto. Sapeva di dover scegliere.

E scelse.

***

Hoon era appena arrivata alla Caletta delle Conchiglie. Non c'era nessuno. Sembrava la solita spiaggetta. Per quanto le era dato di vedere era tutto normale, anche il mare. Lo sciabordio delle onde era quasi piacevole. Non c'era nulla che spiegasse il messaggio di Luce.

"Dove cavolo sei finita?" pensò Hoon. E corse verso la riva. Voleva controllare l'acqua più da vicino. Inciampò in qualcosa di morbido. Nell'oscurità cercò di capire di cosa si trattasse. Sembrava un pupazzo. Grigio, forse, e nemmeno troppo pulito. Non avrebbe saputo dire che animale volesse rappresentare. Poco più in là vide balenare un bagliore. Un cellulare. Lo afferrò al volo. Era quello di Luce. Le si spense in mano. Batteria scarica.

Hoon cominciava a essere davvero in ansia. Le venne in mente quello che Morfeo le aveva detto a Nazan: «Vorrei che tu provassi a evocare i fulmini come fai qui sull'Olimpo.»

Lei richiamò i suoi poteri. Vide sulla sabbia il riflesso della luce violacea accesa nei suoi occhi. Fissò il mare. Una raffica di folgori si schiantò fra le onde.

Jared aveva ragione. i poteri di cui lei aveva potuto disporre solo sull'Olimpo ora funzionavano anche lì. La Fiamma d'Oro era sulla Terra. Un disastro. Probabilmente si trovava lì dal giorno dell'inondazione, come Ares… Forse quando il Mercur 3000 sembrava impazzito e aveva segnalato vari punti a casaccio nel mare aveva semplicemente sentito la fiamma. Il Mercur. In quel momento la sua funzione perduta le sarebbe stata più utile che mai. Lo afferrò lo stesso.

— Mostrami dov'è Ares! — provò a ordinare.

Per l'ennesima volta il Mercur si spense. Perché cavolo faceva così? Se i suoi poteri funzionavano come sull'Olimpo, perché per il cellulare era diverso? Da quando di sua iniziativa aveva individuato Dude allo scoglio del Cigno non aveva più trovato nessuno. Stupidissimo telefono!

Ma appena lo pensò, Hoon se ne pentì. Un po' per l'idea che il telefono potesse offendersi, un po' perché un'altra spiegazione le si stava facendo strada nel cervello.

Dal giorno dell'inondazione Hoon aveva usato il Mercur solo per cercare Ares. E il fatto che sull'Olimpo non riuscisse a individuare Sid poteva avere parecchie spiegazioni, purtroppo. Lo riaccese.

— Mostrami dov'è Luce.

Il Mercur attivò la modalità gps. Sullo schermo comparve la mappa di Rainbow Hill. Il cursore a forma di testa di civetta si muoveva impazzito da un lato all'altro dello schermo come a segnalare vari punti nel mare al largo di Rainbow Hill. Si fermò in corrispondenza dell'isola di Atat.

Poi cominciò a lampeggiare velocissimo. Lo schermo zoomò sull'isola. L'immagine si definì sempre meglio, fino a sembrare una foto scattata dall'alto. Il cursore lampeggiò su quella che poteva essere una spaccatura nel terreno e ci si incuneò dentro. Sembrò percorrere un tunnel sotterraneo. Poi si fermò di fronte a una parete di roccia. Pulsò sempre più velocemente e infine si bloccò. Il Mercur emise uno strano suono.

Hoon prese fiato.

Da quello che segnalava il Mercur, Luce si trovava in una delle caverne sotto l'isola di Atat. Lei sapeva che quell'atollo era traforato di cunicoli e gallerie. Si raccontava che in passato fosse servito come base di rifornimento per i contrabbandieri.

Hoon volle verificare che il Mercur funzionasse davvero.

— Mostrami dov'è Chamirane Groll.

La cartina sullo schermo cambiò. Ora inquadrava l'Arenile Bianco dove si stava svolgendo la festa. Il cursore a testa di civetta lampeggiò per qualche attimo a metà della spiaggia, poi si fermò.

Il cellulare funzionava. Luce era davvero sull'isola di Atat. E forse anche Ares poteva esserci. Per qualche motivo non riusciva a vederlo. Ma Sid?

Se Sid era stata rapita... forse anche lei era stata trasportata sull'isola.

— Mostrami dov'è Sid — ordinò al cellulare.

— *Hoon* — la chiamò Jared dall'Olimpo. — *Ho notizie e non sono buone!*

Nel nero della fiamma

"È allucinante!"

Sid non era affatto nei sotterranei dell'isola di Atat come Hoon aveva pensato. Si trovava tramortita su un carro, scortato da un manipolo di scherani di Ares che si stava dirigendo verso la Sinfalide. Per questo il Mercur non l'aveva localizzata. Una notizia orrenda sotto molti punti di vista. Che oltretutto costringeva Hoon a fare quello che non avrebbe mai voluto. Scegliere tra Sid e Luce.

— *Vai subito al villaggio della Sinfalide* — chiese mentalmente a Jared con un groppo in gola. — *Io cerco di recuperare Luce all'isola.*

Hoon sentì il cuore andarle in pezzi, ma la decisione era presa.

— *Fammi venire con te* — la implorò Jared. — *Poi penseremo a Sid, ma insieme…*

— *No!* — ribatté lei. — *Te la sto affidando. Fai per lei tutto quello che faresti per me.*

Silenzio.

— *Scusami. La tua è la scelta giusta.* — Il messaggio mentale di Jared era esattamente ciò di cui lei aveva bisogno. — *Ma se Ares fosse davvero insieme a Luce, tornate subito qui. Non affrontatelo da sole.*

— *D'accordo* — gli comunicò Hoon cercando di farsi coraggio. Se ne avesse avuto il tempo, sarebbe impazzita per la paura e per i dubbi. Ma di tempo non ce n'era più.

— *Jared…* — cominciò. Poi si interruppe.

Ma anche se erano in due mondi diversi, anche se non potevano guardarsi e comunicavano mentalmente, lui capì. — *Anch'io* — le rispose.

***

Sull'Olimpo Morfeo si accorse che Atena aveva chiuso la comunicazione. Sospirò. Varel lo fissava come se aspettasse qualcosa.

— Grazie di essere tornato ad avvertirmi — gli disse.

Il Tauro con il corno spezzato rimase in silenzio per un attimo.

— Ringrazia le mie sentinelle. Loro l'hanno individuata — mugghiò.

Altro silenzio.

Morfeo lo salutò, ma Varel non si mosse, né gli rispose. Il Signore dei Sogni capì che il Tauro stava meditando qualcosa. Si mise a sistemare le briglie di Telos per dargli il tempo di maturare i suoi pensieri. Alla fine il Tauro parlò: — Ti accompagneremo fino alla zona dove abbiamo individuato il carro. Non chiederci altro.

— Non ti avevo chiesto nemmeno questo — gli sorrise Morfeo.

— Lo so — mugghiò Varel.

***

Sid aveva fatto la sua scelta. La sensazione senza nome era una delle cose più intense che avesse mai provato. Lei aveva deciso di lasciarla andare. Forse perché non c'era meraviglia che valesse la pena di essere vissuta in un'eternità solitaria.

Aprì gli occhi. Vide le zampe di uno stramaledetto Lykaon davanti a lei e li richiuse. Qualcuno doveva essersi accorto del suo gesto perché si sentì strattonare.

— La Signora s'è svegliata! — stridette un Lykaon.

— Non fare la finta tonta! — qualcuno le sferrò un calcio.

Con una prontezza di riflessi che nemmeno lei si

aspettava, Sid rotolò su un fianco e si alzò in piedi di scatto, pronta allo scontro.

Poi si rese conto di dov'era.

Alle sue spalle crepitava la Fiamma Nera. Davanti a lei un manipolo di Lykaon e Tauri le puntava contro armi bianche. Tra loro Soter e Kamarel, spade in pugno, si scambiarono un'occhiata ambigua. Ma durò una frazione di secondo. Probabilmente non si aspettavano di rivederla in piedi.

Il Lykaon che sembrava il più alto in grado mosse la daga che stringeva negli artigli.

— Stai quieta, mortale — gracchiò in modo sgradevole. — Se lo sarai abbastanza avrai la fortuna di incontrare il nostro Signore, appena avremo finito qui.

La bestia le indicò quello che aveva alle sue spalle. E Sid si rese conto dell'orrore.

Un vero e proprio esercito era schierato di fronte al villaggio della Sinfalide e si stava preparando a cingerlo d'assedio. Scherani di Ares lo sorvolavano a cavallo di terribili animali alati, più piccoli dei leucrota e privi della loro dolcezza. Erano scagliosi, squamati, viscidi e avevano il muso da rettile.

— I nostri pteros — si vantò il Lykaon.

Sid restò senza fiato. L'Olimpo era diventato un mondo migliore, ma insieme all'orrore di Ares e al suo cielo purpureo era scomparsa anche la crepa di Afrodite che proteggeva il villaggio.

Sid immaginò che tutti i cancelli e i passaggi verso l'esterno fossero stati chiusi. Pensò a suo padre, che forse stava organizzando qualche genere di resistenza. Un tentativo coraggioso quanto inutile, visto il numero di assalitori pronti ad agire.

E pensò a sua madre. Aveva sbagliato a portarla lì. Avrebbe dovuto lasciarla a Rainbow Hill, con il suo lavoro, i suoi gioielli e la sua vita tranquilla. Sarebbe stata meno felice di quanto lo era stata negli ultimi giorni sull'Olimpo, ma almeno sarebbe rimasta viva a lungo. Non doveva succederle nulla. Non a lei. Non alla sua mamma. Sid l'amava troppo.

Pensò a Glauce, a Sicano, a tutti coloro che erano nel villaggio. E ai leucrota. Sarebbe stata un'ecatombe.

— Ringrazia il genio strategico del nostro generale Kamarel se potrai vedere quello che faremo alla tua gente. È stato lui a volerti qui viva! — ridacchiò il capo dei Lykaon.

Sid sentì la rabbia esploderle in petto, più brutale e violenta di quanto avesse mai provato. Se solo la sua collera avesse potuto trasformarsi in un'arma, nessun Lykaon e nessun Tauro su tutto l'Olimpo sarebbero sopravvissuti. In particolare Kamarel. Le servivano i suoi poteri, le servivano le sue armi, le serviva un modo per difendere tutto quello che amava. I suoi genitori. I suoi amici. Il suo mondo. Ma era immobile e circondata da guerrieri armati. Non aveva nulla se non la sua volontà. Squassata dall'odio e dalla collera stava per buttarsi a corpo morto sui suoi assalitori, quando percepì che alle sue spalle la Fiamma Nera crepitava più intensamente, come se volesse partecipare al suo stato di furia. All'improvviso sentì la musica dell'Olimpo e il suo profumo vitale. Accidenti, non era proprio quello il momento!

I Lykaon e i Tauri che la tenevano sotto tiro fecero un passo indietro con gli occhi terrorizzati e puntati dietro di lei, sulla fiamma. Sid non ebbe il tempo di voltarsi a controllare cosa stava succedendo, perché lingue di fuoco nero l'avvolsero.. All'inizio le sembrarono roventi, poi la loro altissima temperatura scese in picchiata e si trasformò in piacevole tepore. Davanti agli occhi dei suoi carcerieri sconvolti, le fiamme la sollevarono da terra trasportandola nel braciere.

— Cosa succede? — muggì un Tauro armato di lancia.

Dall'alto del braciere Sid vide il capo dei Lykaon afferrare Soter e spingerlo verso di lei.

— Pensateci voi! L'avete già sconfitta una volta e non avrete problemi a rifarlo!

Soter gli scaricò addosso una fianconata, Kamarel colpì un arciere che la teneva sotto tiro con l'arco.

— Scendi di lì — le urlò Soter tendendole una mano, ma fu subito sopraffatto dall'attacco di un Tauro scatenato.

In una frazione di secondo Sid capì. Soter aveva barato. Come faceva sempre quando combattevano insieme. Lui e Kamarel avevano solo aspettato il momento opportuno per agire! Non l'avevano tradita. L'avevano protetta! Come il Tauro aveva promesso!

Istintivamente Sid fece per gettarsi giù dal braciere per dare man forte ai suoi compagni. Le fiamme la trattennero. Il loro crepitio si fece sempre più intenso, e abbracciando tutte le note possibili, si fuse con la musica dell'Olimpo e con il suo profumo.

E finalmente, dall'interno della fiamma che lei stessa aveva creato, Sid capì che quella musica era un messaggio preciso. Che il suo mondo le stava mandando.

La musica dell'Olimpo

Attraverso tutti i suoi suoni, dallo scorrere delle acque dei fiumi allo scricchiolio del legno degli alberi, l'Olimpo le stava parlando. Come da tempo cercava di fare. Lontano dalla sua fiamma lei non aveva mai capito. Mai fino ad allora.

— *Ricordati chi sei* — le stava cantando la musica dell'Olimpo.

Immersa nel fuoco nero, Sid si sentì attraversare da una sconvolgente sensazione di pura potenza.

— *Tu sei la dea* — cantò ancora la fiamma.

— Io sono Sid — mormorò lei. — E sono Artemide — aggiunse e sentì esplodere ogni cellula del suo corpo.

La Fiamma Nera divampò altissima e attraverso di essa Sid vide per un attimo ogni angolo del suo mondo. Ogni zolla di terra, ogni animale, ogni persona. Ogni goccia d'acqua e ogni particella d'aria. Come se lei fosse l'Olimpo.

Quell'incredibile impressione svanì in fretta come si era scatenata. Sid tornò a vedere la battaglia che si svolgeva ai piedi del braciere. Soter e Kamarel erano in difficoltà. Si battevano con tutte le loro forze, ma erano solo due. Un Lykaon a cavallo di una di quelle bestiacce volanti si dirigeva velocemente verso di loro.

— *Ricordati chi sei* — cantò di nuovo l'Olimpo.

— Io sono Artemide — rispose Sid decisa.

Capì cosa doveva fare. Portò la mano al frammento di ossidiana che teneva in tasca e lo estrasse.

Lo espose alla fiamma.

Pura potenza.

Il frammento divenne rovente. Ribollì, generando nuove schegge e incredibili protuberanze. Sid riconobbe la forma che il suo frammento stava inseguendo: quella della sua vecchia pietra. La pietra che le aveva dato la consapevolezza di essere una dea.

Soter aveva ragione. Non si può smettere di essere una dea. Sicano aveva ragione. Le aveva suggerito di portare sempre il frammento con sé. E le aveva impedito di dire che i suoi poteri erano spariti. «Sono all'opera in ogni cosa che ti circonda. Nei fiori come in tutto ciò che accade sull'Olimpo dal momento in cui la Fiamma Nera è divampata.»

Sid strinse il frammento. Era freddo e liscio come lo era stata la sua vecchia ossidiana. Con la stessa forma e dimensione. Si era completamente rigenerato.

La musica dell'Olimpo tacque e Sid seppe che non l'avrebbe più sentita. Ma ormai era pronta. Sfiorò la sua nuova ossidiana. La pietra esplose in mille frammenti e si ricompose in una lingua di bue. Scintillante e affilata, le dava l'impressione di aver voglia di combattere. La stessa che aveva lei. Più forte di come l'avesse mai sentita.

Alzò gli occhi e vide il Lykaon dirigere la sua cavalcatura su Soter e Kamarel. I loro assalitori si erano raggruppati da una parte, per lasciare che il rettile volante si avventasse su di loro.

Sid scagliò la spada e centrò in pieno lo pteros, che si accasciò al suolo con un rantolo.

Saltò giù dal braciere e richiamò la sua arma. I suoi ex carcerieri si scatenarono di nuovo contro Kamarel e Soter. Ma stavolta c'era lei al loro fianco. E con tutti i suoi poteri.

— Bentornata, dea! — esclamò il ragazzo con un sorriso che non aveva niente di ambiguo.

— Felice di rivederti in perfetta forma — muggì il Tauro, parando l'attacco di un Lykaon.

Sid si scatenò nella battaglia. Mai menar fendenti le aveva dato un piacere così intenso.

— Attenta! Altri pteros! — l'avvertì Kamarel.

Una decina di quei maledetti rettili alati stavano volando verso di loro. Sid non vedeva l'ora che arrivassero. Gli avrebbe dato quel che meritavano. Non si ricordava di aver mai provato quell'intensa frenesia distruttiva. Forse era un effetto della nuova pietra. O forse era ben altro. Comunque, se le fosse servita per vincere, era la benvenuta.

Un Lykaon tentò di prenderla alle spalle, Sid lo scrollò via, si voltò e lo colpì con un montante. Smise di pensare e si concentrò sulla battaglia.

***

Dal soffitto dell'antro pendevano migliaia di stalattiti, antiche quanto il suo inutile corpo. Ares però era pronto a ricostruirsi. Appoggiò lo scudo a una delle tante stalagmiti che salivano da terra e staccò l'acquamarina di Poseidone. Fece scorrere gli occhi sulle sue Aqualoon. Erano ridotte male, ma ancora in grado di trattenere i loro prigionieri. Sarebbero sopravvissute abbastanza a lungo da rendergli il loro ultimo servigio. Il Signore della Guerra non voleva perdere un solo minuto per crearne delle altre. Bramava un nuovo corpo più di ogni altra cosa. Appena ne fosse stato in possesso si sarebbe occupato di Afrodite.

Il servo mortale aveva fatto il suo dovere meglio di quanto lui stesso si sarebbe aspettato. E forse non se ne era nemmeno accorto. Ares sogghignò all'idea di averlo chiamato il suo "guerriero terrestre". A guardarlo, rattrappito in un angolo all'uscita della galleria, con gli occhi fissi sul rubino di Dioniso attraverso il quale lui lo comandava, sembrava davvero il più inutile degli inutili mortali. Inservibile, se non per diventare anche lui nutrimento per il suo nuovo corpo.

Il Signore della Guerra si appoggiò all'ara e sfiorò l'acquamarina di Poseidone. L'Aqualoon più vicina strinse i suoi tentacoli attorno a una mortale che non aveva mai smesso di piangere e la portò da lui. Era esile. Perfetta per cominciare.

Il Signore della Guerra le afferrò il viso con le sue mani ossute. In quel corpicino minuto scorreva tutta la forza della giovinezza.

La sua prigioniera iniziò a urlare in modo fastidioso. Scossi dal loro torpore, molti degli altri la imitarono. Inutili invocazioni di aiuto e richieste di pietà. Ad Ares il loro dolore non interessava. Era la forza vitale della ragazza che gli serviva. La chiamò a sé. La sentì rispondere con un guizzo, nel disperato tentativo di rimanere nel corpo cui apparteneva. Ma la volontà e i poteri del Signore della Guerra erano molto più forti.

Attraverso le ossa della mano, Ares cominciò ad assorbire la linfa vitale della ragazza. La sentì salire attraverso l'omero e la cassa toracica e da lì irradiarsi per tutto il corpo. E più lui ne assorbiva, più il corpo della ragazza si svuotava, trasformandosi via via in un inutile scarto, che alla fine scivolò a terra.

Era solo il primo passo. A quel punto Ares aveva bisogno di isolarsi da tutto ciò che lo circondava per riorganizzare la propria struttura corporea in modo da distribuire la linfa che aveva sottratto alla mortale.

Chiuse gli occhi. Sentì a malapena il gorgoglio dell'Aqualoon più vicina che si liquefaceva e le urla degli altri prigionieri.

La ricostruzione del suo corpo aveva avuto inizio.

***

Nell'esatto momento in cui l'essere scarnificato si era sdraiato sull'ara, la voce cavernosa e cupa che aveva echeggiato ordini nella sua testa fino a poco prima si era spenta. Meglio così. Lui non voleva più eseguire quegli ordini. Non gli piacevano. E gli facevano male.

L'altra voce, quella del rubino, continuava a chiamarlo.

— *Vieni a prendermi…*

Quella voce era l'unica cosa chiara nella nebbia che gli ottenebrava la mente.

All'esterno, urla. Urla continue e disperate che lo stavano facendo impazzire. Il corpo della ragazza se ne stava a terra come un palloncino sgonfio. Su quello che rimaneva del suo viso i segni delle cinque dita, o meglio delle cinque ossa, della mano con cui l'essere sdraiato sull'ara le aveva stretto il volto. Adesso sembrava addormentato.

— *Vieni a prendermi...*

Lui guardò di nuovo il rubino che splendeva sullo scudo. Quella pietra era sua e voleva riprendersela. Ma il volto della ragazza nella roccia non lo voleva lasciare, come le sue parole non volevano smettere di echeggiare nella sua testa confusa in cui sembrava esserci spazio solo per il richiamo della pietra.

«Io ti conosco, Dude.» Una fitta lancinante gli perforò la testa. «Se sei speciale è perché non sei capace di fare del male. Sono sicura che non lo farai. Né a me né agli altri. E non permetterai a nessuno di farcene.»

Ancora dolore. Pensare al viso di quella ragazza gli provocava spasmi, ricordare le sue parole gli provocava fitte. Si facevano strada nel suo cervello, abbattendo tutto quello che trovavano sul loro cammino. Lui non voleva più ascoltarle. E non voleva pensare a lei.

— *Vieni a prendermi...*

Il dolore si calmò. Lui fece un passo in avanti verso lo scudo, lentamente, in modo che nessuno lo notasse. Un'Aqualoon si mosse. Strinse i suoi tentacoli attorno al corpo di un ragazzo. Quel ragazzo cercò di dibattersi, ma subito dopo cacciò un urlo. La sua voce lo scosse.

«Io ti conosco, Dude!» gli aveva detto la ragazza nella roccia. Era vero. Lui si chiamava Dude e quel ragazzo che la medusa stava spingendo verso l'essere sull'ara si chiamava Jamar.

Una fitta più intensa gli attraversò il cervello insieme alle parole della ragazza.

«Non sei capace di fare del male» gli aveva detto. Ma era stato lui a portare lì tutta quella gente. Glielo aveva ordinato la voce cupa e lui aveva obbedito. Il varco creato dalle parole della ragazza nella sua mente gli permise di ragionare. Per un attimo. Capì che quella voce apparteneva all'essere sdraiato sull'ara e che quell'essere era Ares.

Una raffica di fitte. Dolore allo stato puro. La nebbia che aveva nella testa si stava dissolvendo. E più lui ricominciava a ragionare, più il dolore aumentava. Vide Ares alzare un braccio verso Jamar e artigliargli il volto con la mano ossuta.

Il ragazzo emise un ultimo grido, che si spense mentre

il suo corpo si sgonfiava come un palloncino sfuggito di mano a un bambino.

Istintivamente Dude si mosse verso di lui. Voleva portarlo via. Voleva che stesse bene.

«Non permetterai a nessuno di farci del male» aveva detto la ragazza nella roccia. Aveva ragione. Lei doveva conoscerlo davvero. Ma di nuovo quelle parole gli perforarono il cervello come una lama affilata.

— *Vieni a prendermi* — riecheggiò la voce del rubino. Il dolore si calmò.

Quello che rimaneva del ragazzo dal nome Jamar scivolò a terra, completamente vuoto di ogni cosa. La medusa che l'aveva scortato fin lì si liquefece gorgogliando. L'essere sull'ara abbassò il braccio come se si fosse addormentato.

Dude ne approfittò subito. Si mosse rapido verso lo scudo sul quale scintillava la sua bella pietra rossa.

— *Vieni a prendermi...*

In battaglia!

Sulla collina più alta della Sinfalide, la Fiamma Nera divampava.

— Ho pensato davvero che mi avessi consegnata — gridò Sid a Soter, disarmando un Tauro con un sol colpo.

— È esattamente quello che ho fatto! — ribatté lui evitando l'attacco di un Lykaon e sgusciando alla destra di Sid. — Eri ridotta veramente male… cos'altro potevo fare?

— La cosa migliore nei momenti peggiori, vero? — lo schernì lei.

— La migliore per tutti — sottolineò Soter. — E se non fosse stato per gli intrugli di Kamarel, tu non saresti qui.

— Grazie anche a te! — urlò Sid al Tauro che stava schiantando un avversario. Lui fece uno strano verso, giusto per comunicarle che aveva capito.

Sid e Soter, insieme, affondarono le loro armi sull'unico Lykaon che aveva ancora voglia di combatterli, mentre il Tauro abbatteva uno pteros superstite. Tutti gli altri erano ko o si stavano dando alla fuga.

Il ragazzo si lasciò cadere a terra e Kamarel si avvicinò a Sid. Lì in cima alla collina, loro tre avrebbero potuto festeggiare la loro vittoria. Invece guardarono verso il basso. Migliaia di Lykaon circondavano il villaggio. L'assedio era in corso. Altissime fiamme divampavano nei cortili e davanti ai cancelli c'erano strani marchingegni che probabilmente avevano lo scopo di forzarli. Per quanto sconfiggere i loro nemici lì fosse stato relativamente semplice, la battaglia che li aspettava era di ben più grandi proporzioni. Sid sapeva che la loro unica speranza era che anche Luce e Hoon fossero rinchiuse con gli altri nelle viscere delle colline. Ma se anche ci fossero state, la vittoria era ben lontana dall'essere certa.

Anche con i suoi poteri, da sola avrebbe potuto ben poco. Soter si batteva bene, ma era solo uno e Kamarel... Sid incrociò il suo sguardo. Forse stava dando troppe cose per scontate.

— Io devo scendere, adesso — disse lei. — Mi piacerebbe averti al mio fianco, ma non ti costringerò a batterti contro...

Avrebbe voluto dire i tuoi simili, ma non ci riuscì. Lei

non vedeva niente in Kamarel che le potesse anche solo ricordare gli scherani di Ares.

Il Tauro le sorrise. Il suo sguardo era sempre limpido, ma in quel momento raccontava anche la fierezza di un guerriero consapevole della propria forza.

— Sarò con te, Artemide — muggì. — Ma posso fare molto di più.

Sid strinse la sua spada e sgranò gli occhi invitando il suo interlocutore a continuare.

— Ti ricordi quello che ti ho detto alla baracca?

Sid annuì.

— Garantisci la pace dopo quest'ultima battaglia, e io e i miei saremo al tuo fianco.

Sid sentì una dolorosa contrazione allo stomaco. Era un'offerta d'aiuto insperata e preziosa.

— Fossi in te accetterei al volo — biascicò Soter rialzandosi in piedi.

Certo che avrebbe voluto accettare! E senza pensarci due volte. Ma non era capace di mentire, e nemmeno di dire mezze verità. Men che meno promettere ciò che non avrebbe saputo come mantenere.

— Io mi fido di te, Kamarel — disse al Tauro. Poi si voltò verso il ragazzo delle armi. — Mi fido di voi.

Cercò le parole giuste per dire quello che aveva in mente e tornò a rivolgersi al Tauro.

— Ma come posso accettare la tua offerta? Non posso garantire per ciò che farà la gente della Sinfalide!

— Per la miseria, Sid! Lo vuoi capire che sei la dea! Tutti ti ascolteranno — sbottò Soter.

Per Sid fu come un risveglio improvviso. Per quanto continuasse a vedersi come la ragazza di Rainbow Hill, con qualche capacità in più, lì sull'Olimpo la trattavano in modo diverso. E tutti l'avevano chiamata Artemide, anche quando non aveva i poteri. Tutti tranne suo padre e sua madre, per motivi diversi. Ma lei avrebbe potuto convincere Luce e Hoon. La parola delle Signore dell'Olimpo avrebbe avuto un peso.

— Quand'è che i tuoi potranno lanciare il contrattacco?

— I miei sono là. In mezzo agli altri. Stanno rallentando le operazioni dell'assedio. Stinx, un Lykaon di mia fiducia, in questo momento sta parlando con quelli del villaggio. Sempre che sia riuscito a contattarli senza scatenare la loro reazione.

— Mentre tu dormivi beata, qualcuno si dava da fare! — esclamò Soter.

— Sono contenta di averti dalla mia parte — disse Sid a Kamarel. — E capisco perché Ares ti volesse dalla sua.

Il Tauro abbassò la testa e sorrise del complimento. — Allora? — chiese.

— Hai la mia parola.

Kamarel afferrò il corno che gli pendeva dalla cintura e diede il segnale.

***

Hoon cercava di muoversi nel silenzio più assoluto. Transitando per l'Olimpo, si era fatta catapultare dalla sua ametista nei sotterranei dell'isola di Atat. Studiando la mappa sul Mercur 3000 aveva scelto con cura il posto in cui arrivare, in mezzo a quell'intricatissimo labirinto di sale, gallerie, tunnel e cunicoli. Aveva deciso di evitare la sala in cui era Luce e tutti gli spazi ampi per non ritrovarsi subito di fronte ad Ares. Il Signore della Guerra avrebbe potuto metterla fuori gioco prima che lei si rendesse conto di dove fosse. Dopo aver valutato tutte le opzioni si era dovuta accontentare di uno stretto cunicolo, posto dalla parte opposta dell'isola. Ma da quel cunicolo, aveva modo di raggiungere Luce.

In quel momento si trovava in una galleria piuttosto stretta. L'aria era umida e pesante. Hoon procedeva da un pezzo, con gli occhi puntati sul Mercur. Sullo schermo il cursore con la testa di civetta indicava la caverna in cui era Luce. Come lei già sapeva dalla mappa, il cunicolo si aprì in uno slargo. Appena ci mise piede fu investita da una corrente d'aria fredda. E sentì alcune urla provenire da destra. Lei però avrebbe dovuto proseguire a sinistra.

Si fermò a pensare. Poi si riscosse e continuò nella sua direzione. Di corsa. Non sapeva cosa stesse succedendo, ma se si fosse fermata avrebbe corso il rischio di fallire il suo obiettivo. La salvezza di Luce.

Un'altra scelta che non avrebbe mai voluto fare. Prima aveva affidato Sid a Morfeo, ora abbandonava al suo destino chiunque stesse urlando.

Cacciò indietro il pensiero. Per prima cosa avrebbe trovato Luce, poi loro due, insieme, sarebbero corse a controllare cosa stava succedendo. Nella speranza che ci fosse ancora qualcosa, o qualcuno, da salvare.

Un solo Olimpo

Dopo il segnale di Kamarel, fra le schiere che forzavano le difese del villaggio della Sinfalide era scoppiato il caos. Fra Tauri e Lykaon, gran parte delle forze che erano sembrate fedeli ad Ares ora incrociava le spade con quelle dei propri ex compagni. Dall'interno del cortile più grande, qualcuno, probabilmente Glauce, aveva liberato dalla stalla i leucrota che adesso, con i loro potenti artigli, si avventavano sugli pteros disarcionando i loro cavalieri e mettendoli in fuga. Abitanti del villaggio armati stavano raggiungendo la battaglia e si schieravano con i combattenti fedeli a Kamarel.

Sulle pendici della collina Sid si batteva al fianco del Tauro e di Soter. Voleva arrivare il più presto possibile all'ingresso più vicino per comunicare con qualcuno all'interno. Desiderava sapere di Gail e suo padre, di Sicano e

Glauce. Intanto falciava nemici con ferocia e con gioia.

"Questa è una guerra. Qualcosa di brutto" cercò di ricordarsi. Ma la foga della lotta l'assorbì completamente. Notò alcuni abitanti del villaggio che combattevano poco lontano da lei. E si sentì morire quando individuò Auron armato di una spada lunga assalito da quattro Tauri. Reagì con la ferocia. Strinse la lingua di bue, che esplose in mille frammenti che si andarono a ricomporre in una lancia. La scagliò e trafisse insieme due dei Tauri che stavano addosso a suo padre.

— Papà! — urlò richiamando l'arma.

Auron si voltò e la vide. Uno dei suoi assalitori superstiti approfittò del momento per disarmarlo. L'altro alzò la sua mazza pronto a colpirlo. Sid scagliò di nuovo la lancia. E grande fu la sua gioia quando l'arma trapassò l'avversario.

Richiamandola di nuovo, corse verso il padre che fronteggiava disarmato l'ultimo dei Tauri.

***

A cavallo di Telos, Morfeo vide la battaglia attorno al villaggio. Strinse le mascelle. Un'altra scena senza senso. Un altro scontro tra Lykaon e Tauri. Ma perché lì? Si voltò verso Varel che volava sul suo pteros.

— Lo sapevi?

— Sapevo che le truppe si stavano muovendo. E so che da tempo qualcuno che conosco bene voleva scendere a patti con gli uomini. Forse l'ha fatto davvero.

Morfeo si chinò verso la testa di Telos.

— Cerca Sid, per favore. Vai da lei.

Mentre il leucrota si lanciava in uno strano volo a cerchi concentrici al di sopra della battaglia, Morfeo salutò Varel. — Grazie di tutto.

***

Luce, prigioniera nella roccia, si era arresa. Non aveva più alcuna possibilità di liberarsi né di combattere. Aveva finito le opzioni. Cosa avrebbe potuto fare in quello stato, quando si fosse trovata di fronte ad Ares?

Niente.

Aveva già provato a intercettare il suo sguardo, e lui si era liberato di lei voltando la testa. Aveva già provato a impossessarsi dei poteri sullo scudo, e anche in quel caso aveva fallito.

Lei non serviva a niente. I suoi erano i poteri di una dea minore. E non era nemmeno riuscita a proteggere Dude dalla presa del rubino. Lei era inutile e la sua vita non aveva senso.

Sentì un rumore provenire dall'imbocco della galleria.

Poi dei passi che si avvicinavano. Era troppo disperata anche per aver paura. Tanto, se le fosse capitato il peggio, non sarebbe stato così grave. Lei non serviva a niente.

I passi si avvicinavano. Qualcosa si ribellò dentro di lei. Per quanto inutile fosse diventata la sua vita, Ares era dannoso, e lei doveva fare un altro tentativo. Avrebbe combattuto fino alla fine.

I passi erano vicinissimi. Lei era pronta.

— Luce...

A entrare nel suo campo visivo fu Dude. Stravolto e con i pugni chiusi. Le si avvicinò. Alzò i pugni fino al suo volto. Li aprì. Nella mano destra splendeva la corniola di Efesto, nella sinistra il rubino di Dioniso. — Io...

— Pfff — provò a interromperlo lei. Aveva di nuovo respirato male e non era riuscita a parlare.

— Io ti ho portato queste pietre — mormorò lui.

Luce si accorse che una lacrima le stava scendendo sulla guancia. — Non so come usarle.

Cercò di riprendersi e controllare il respiro.

— Lo sapevo che sei... — cominciò. Poi cambiò discorso. Troppe cose da dire, poco fiato, meno tempo. Inspirò lentamente.

— Dammi la pietra che tieni nella mano destra e allontanati!

— Non voglio lasciarti — le sussurrò lui, mettendole la

corniola sulla mano che sporgeva dalla roccia. Le chiuse la mano sulla pietra e gliela tenne stretta nella sua.

— Non voglio lasciarti ancora — mormorò di nuovo.

Luce non riusciva a respirare e non solo per la pressione della roccia sul torace. Sentiva tutti i battiti accelerati del suo cuore rimbombare nella pietra e tornarle addosso.

— Allontanati. Solo per un po'. Vai oltre l'isolotto, dietro la fiamma.

— Ma io…

— Dopo, Dude. Vai! — lo interruppe lei.

Luce lo guardò uscire dal suo campo visivo. In meno di due minuti tutte le sue prospettive erano completamente cambiate. Di nuovo. Non sapeva ancora come, ma era riuscita a strappare Dude ad Ares. Lui l'amava davvero. Aveva scelto e aveva scelto lei. E non davanti a uno stupidissimo gioco e a dieci minuti da passare con gli amici. L'aveva scelta contro la presa di Ares e del rubino. Era stato grande. E anche se lei lo sapeva da tempo che Dude era Ipersublime, be'… averne la prova, e che prova, era molto ma molto meglio. E poi le aveva appena portato l'arma con cui lei avrebbe potuto liberarsi.

Si sentiva carica e pronta a tutto. Anche ad affrontare Ares da sola. E non perché essere sconfitta non sarebbe stato così grave, ma perché le era tornata la speranza di poter vincere.

Strinse la corniola di Efesto. Sperò di riuscire a calibrarne la potenza per far saltare solo la roccia e non se stessa. Incrociò le dita e sfiorò la pietra.

***

Sid aveva appena sistemato il Tauro che aveva cercato di colpire suo padre, trafiggendo anche lui con la lancia. Richiamò l'arma e la trasformò immediatamente in una spada lunga. Auron era rimasto a bocca aperta. — Non ci posso credere! — mormorò abbracciando Sid. — Hai di nuovo i tuoi poteri!

Lei ricambiò l'abbraccio, velocemente, tenendo d'occhio la battaglia.

— Ma sono sempre la stessa — gli rinfacciò. — La mamma?

— È al sicuro… — cominciò Auron. — Ho parlato con lei… Mi dispiace di averti fatto pensare che non mi fido di te. Non è così! — concluse.

— Adesso puoi rimediare. Tanto per cominciare Soter è dei nostri — disse Sid. Poi urlò: — Kamarel!

Il Tauro si fece strada tra i suoi assalitori e li raggiunse. Auron lo scrutò con attenzione.

— Ti presento il generale Kamarel. Se non fosse per lui, questa battaglia sarebbe già persa e io non sarei qui.

Auron chinò la testa in segno di rispetto. Sid lanciò la sua spada verso uno scherano di Ares che tentava di colpire Soter alle spalle.

— Qualsiasi cosa venga decisa riguardo alla Sinfalide, a questa battaglia o alla scelta dei tuoi vestiti, sarà concordata con lui! — asserì con un tono imperioso che stupì lei stessa per prima. Ma evidentemente aveva funzionato. Auron porse la mano a Kamarel. Lei richiamò la spada.

— Sei tu che hai mandato le sentinelle per parlamentare e avvertirci? — gli domandò Auron.

Il Tauro annuì.

— C'è la possibilità che si arrendano? — chiese ancora Auron indicando gli scherani di Ares.

— Non finché il Signore della Guerra potrà dar loro degli ordini — muggì il generale.

— Allora combatteremo fino alla fine — sospirò Auron.

— Hoon e Luce? Sono qui? Le hai viste? — domandò Sid al padre.

— Parecchie ore fa Hoon ti stava cercando, ma non so...

Un sibilo. Una freccia che si spezzava sulla maschera di Auron.

— A destra, dea! — la voce di Soter. — Accidenti, Sid, guardati a destra!

Ares il Distruttore

Appena Morfeo la vide, si rese conto che Sid aveva recuperato i poteri e ritrovato se stessa. Combatteva con una foga tale da sembrare trasfigurata, al fianco di un Tauro gigantesco e del ragazzo delle armi.

Anche Telos doveva averla vista perché si gettò in picchiata puntando dritto verso il campo di battaglia. Per Jared non fu affatto semplice convincere il leucrota a cambiare traiettoria e atterrare in un cortile dove non si stavano svolgendo scontri. Ancor più difficile fu riuscire a convincerlo a non riprendere il volo per raggiungere Sid.

L'avrebbe fatto lui. Impugnò la sua spada e uscì dal cortile.

***

In quel mondo c'era stata l'era degli dei. In quel tempo l'avevano chiamato dio. Lo avevano chiamato Signore della Guerra. Lo avevano chiamato Distruttore di uomini. Il suo nome aveva evocato orrore, sgomento e terrore. Dalla quadriga trainata da cavalli dal respiro infuocato aveva dispensato pianto, dolore e disperazione. Il tradimento era stato il suo valore, la menzogna la sua verità e la violenza la sua gloria. Era stato un dio tra gli dei. Il più temuto, il più inclemente, il più selvaggio.

E lo era ancora.

Ares aprì gli occhi. Il suo nuovo corpo era possente, forte e indistruttibile com'era stato un tempo. I mortali avrebbero ricominciato a tremare al solo sentire il suo nome. Lui avrebbe di nuovo visto l'orrore nei loro occhi. Le loro urla avrebbero accompagnato ogni suo passo futuro.

Si sollevò dall'ara. Senza fatica questa volta. Assaporò il piacere della propria forza, tornata in tutta la sua pienezza. La linfa vitale dei ragazzi che aveva assorbito scorreva in ogni suo muscolo e in ogni sua cellula. Ares si accarezzò il torace vigoroso e le braccia robuste. I mortali che giacevano a terra erano stati più utili di quanto avesse sperato.

E nella sala della fiamma era prigioniera Afrodite. Avrebbe scatenato su di lei le sue nuove forze, l'avrebbe punita per ogni secondo che lei e le altre due dee gli avevano fatto passare sull'Olimpo senza averne il controllo. Le avrebbe inflitto un'agonia lunghissima e le avrebbe fatto implorare pietà. E quando lei l'avesse fatto, l'avrebbe distrutta per sempre.

Calpestando quel che rimaneva dei ragazzi che aveva assorbito, andò a recuperare il suo scudo. Si accorse che mancavano due pietre. Il rubino di Dioniso e la corniola di Efesto. Scoppiò in una risata malevola.

Il suo servo mortale era riuscito a tornare padrone di sé. Tanto meglio. Se fosse riuscito a opporre un minimo di resistenza con l'aiuto delle pietre, ucciderlo sarebbe stato più piacevole. L'inutile terrestre si stava rivelando un passatempo divertente.

Ares imbracciò lo scudo. Desideroso di scatenare il suo nuovo corpo, si diresse verso l'imboccatura della galleria.

Era l'ora della Guerra, finalmente.

***

Nella sala con la Fiamma d'Oro, Luce ce l'aveva fatta. Libera dalla roccia, si stava ripulendo i vestiti dalle polveri che le erano rimaste addosso e correva verso Dude. Anche lui le stava correndo incontro.

Illuminati dalle vampe purpuree della Fiamma d'Oro, si abbracciarono.

— Come diavolo hai fatto a… — cominciò lei.

— Non lo so nemmeno io. È stato quando ho preso il rubino… lui ha smesso di chiamarmi e io ho potuto ragionare. Ho ricostruito quello che era successo… quello che avevo fatto… quello che ti aveva fatto Ares… ho preso anche la pietra che lui aveva toccato quando ti ha scaraventata nella parete…

— Adesso… — cominciò Luce, ma s'interruppe subito. Aveva bisogno di qualche secondo di quiete per ricapitolare tutto. E farlo tra le braccia di Dude era meglio. Tutto era cambiato troppo in fretta. Si disse che era libera, che Dude era con lei, salvo, e che comunque avevano una possibilità. Poi le venne in mente il resto, s'incupì e sciolse l'abbraccio.

— Gli altri?

A Dude vennero le lacrime agli occhi.

— È un disastro — le rispose, deglutendo per riuscire a controllarsi. — Non so bene cosa sia accaduto… anche Craig e Jamar… sembravano pupazzi di stoffa. Ares li ha avvicinati, toccati, e il suo corpo ha iniziato a ricostruirsi… poi si è addormentato, o qualcosa del genere… In quel momento ho preso le pietre.

— Allora possiamo approfittarne per portare via chi

resta! — esplose Luce. Mentre lo diceva, si rendeva perfettamente conto di quanto imprudente fosse quella proposta. E lo capì ancor meglio nel vedere Dude impallidire.

— Almeno insegnami a usare questa! — disse invece lui, mostrandole il rubino di Dioniso.

Lei rimase senza parole. Sapeva che Dude era in gamba e contava decisamente sul suo supporto, ma mai l'aveva immaginato a combattere al suo fianco. E poi le venne in mente tutto quello che era successo dopo che Dude aveva usato la pietra per la prima volta.

— Non so nemmeno se dovrei permetterti di tenerla in mano!

— L'ho già usata per combattere, anche se contro di voi, e sono sopravvissuto. Ma non mi ricordo come ho fatto — ribatté lui. — Guardami. Sto bene. Dimmi come usarla.

— Non credo di poterlo insegnare. Non credo sia una buona idea e non…

— Non ti lascerò andare in quella stanza da sola! — urlò Dude, quasi con rabbia.

— E chi ha detto che andrà da sola?

Luce si voltò. Mai in tutta la sua vita era stata così felice di vedere Hoon.

***

La prima cosa che Hoon aveva notato entrando nella sala era stata la Fiamma d'Oro, poi aveva visto Luce e Dude che parlavano uno vicino all'altro. Stravolti, ma vivi.

Era corsa loro incontro, li aveva abbracciati e si era fatta aggiornare su tutto.

— Ho detto un sacco di cretinate… e non è vero che sei supponente… qualunque cosa voglia dire! — esplose Luce alla fine.

Hoon per un attimo non capì, poi ridacchiò.

— Tutto dimenticato!

La lite di quel pomeriggio era l'ultima cosa che aveva in mente, e solo Luce avrebbe potuto ricordarsene in quel frangente. Lei mostrò a Dude la mappa sul Mercur.

— Riesci a indicarci dove sono tenuti prigionieri gli altri? Magari riusciamo ad arrivarci in modo da non essere notate!

Lui afferrò il Mercur e si mise a studiare la mappa con aria poco convinta.

— Ma non dovremmo… insomma… non ci vorrebbe anche Sid?

Hoon scosse la testa.

— A parte il fatto che è senza poteri, è stata catturata dagli scherani di Ares.

— Non è possibile! — urlò Luce sconvolta.

— Se ne sta occupando Morfeo — disse Hoon. E sperando che Jared fosse veramente riuscito a concludere qualcosa, invitò Dude a consultare ancora la mappa.

Clic

Hoon si sentì impallidire.

— Cosa c'è? — chiese Luce.

— Ares. Arriva.

Il Signore della Guerra

Un gelido tornado squassò l'interno della sala e roteò intorno alla fiamma. Ares fece la sua comparsa all'imboccatura della galleria più ampia. In quelle che erano state le sue vuote cavità orbitali fiammeggiavano bulbi oculari rossastri, crudeli e famelici.

Hoon non perse tempo. Evocò i fulmini e ne schiantò una raffica sul Signore della Guerra. Lui li assorbì con il suo scudo.

— Ci sei anche tu, piccola Atena? — tuonò il dio sprezzante.

Lei era nascosta dietro una roccia, Luce e Dude si erano rifugiati dietro un altro pietrone dalla parte opposta della sala. Dal punto in cui erano, si scatenò un potentissimo muro di fiamme che investì Ares.

Luce doveva aver usato la corniola di Efesto, come

aveva fatto tempo addietro contro la loro prima rivale, Megan.

Quando Ares fu investito dal fuoco, scoppiò in una malevola risata e gettò a terra lo scudo.

— Credete davvero di potermi fare del male, dee?

E aprì le braccia, per invitarle a colpirlo.

"Sono solo esibizioni di forza" pensò Hoon. "Non devo farmi spaventare!"

Ma spaventata lo era, e molto. Considerò che forse sarebbe stato opportuno darsi alla fuga, un'altra volta, per cercare di elaborare un piano e tornare all'attacco in seguito. Schiantò un'altra raffica di fulmini sul Signore della Guerra. Lo colpì in pieno e lui se ne rimase lì a riceverli, come se non fossero altro che i piacevoli getti di una doccia tiepida.

— Tutto qua, Atena?

Hoon ebbe l'impressione che i fulmini che aveva lanciato fossero molto più deboli di quanto avrebbero potuto. Senza che lei lo volesse il suo sguardo finì per una frazione di secondo sulla Fiamma d'Oro che illuminava il mare. Un *clic*, forse, che durò meno di un istante. E che non ebbe il tempo di imprimersi nella mente della dea perché un altro muro di fiamme investì il Signore della Guerra. Avvolto dal fuoco, lui si limitò a chinarsi e a raccogliere lo scudo.

— Basta così! — tuonò.

A Hoon mancò il fiato. Ares aveva ottenuto tutto quello che voleva. Se loro fossero fuggite come le aveva chiesto Morfeo gli avrebbero semplicemente consegnato la Terra. Ma a costo di rimanere sepolta viva lì sotto per l'eternità, glielo avrebbero impedito. Poteva anche sembrare imbattibile, ma non poteva esserlo davvero. Bastava trovare il suo punto debole... doveva pur averne uno!

Hoon evocò un fulmine globulare e lo indirizzò non su Ares, ma sul soffitto sopra la sua testa. Vide il Signore della Guerra alzare gli occhi sul globo di luce che schizzava verso la volta di pietra e sollevare lo scudo. Il fulmine si infranse sul soffitto e provocò un'esplosione luminosissima e accecante. Una pioggia di rocce, polvere e calcinacci travolse il dio.

Di nuovo, senza che lo volesse, lo sguardo di Atena fu attratto dalla fiamma. In quel momento vacillava.

— Brava, Hoon! — urlò Luce.

Una luce bianca filtrò dal cumulo di detriti che aveva travolto Ares. Dal suo interno partì un'altra esplosione e una devastante forza centrifuga scagliò in ogni direzione rocce, pietrisco e polveri.

Hoon si acquattò dietro la roccia per non esserne investita.

Aspettò un attimo, poi si sporse di lato, in basso a

destra, per riuscire a vedere cosa succedeva. Ares si stava alzando, brandendo lo scudo. Il diamante di Zeus splendeva potente, tanto da sovrastare con la sua luce quella della Fiamma d'Oro.

Le rocce, il pietrisco e le polveri cominciarono a vorticare su se stesse, il movimento le rendeva appuntite e taglienti. Si sollevarono da terra e cominciarono a spazzare la sala. Hoon si rannicchiò dietro la roccia che la proteggeva e cominciò a lanciare fulmini sui vortici di pietra. Forse quelli poteva fermarli, Ares invece...

***

Sull'Olimpo Sid sentì qualcuno toccarle una spalla. Si voltò pronta a falciarlo, sollevando la sua arma.

— Calma! Sono io!

— Morfeo! — esclamò lei trattenendo il colpo.

Sempre impugnando la spada, Sid lo abbracciò.

— Hoon e Luce... Dove sono?

Le bastò vedere l'attimo di incertezza sul volto del dio dei Sogni per capire che le sue amiche non erano lì. E che ovunque fossero non si trovavano nelle migliori condizioni. Morfeo le raccontò tutto quello che sapeva. Lei sentì la rabbia crescerle dentro.

— Dove sono adesso?

Morfeo scosse la testa.

— Da quando Hoon mi ha detto che andava nell'isola di Atat non è tornata né mi ha più contattato — rispose lui.

Sid lo guardò negli occhi. Morfeo voleva raggiungere Hoon esattamente come lo voleva lei, anche se lì sull'Olimpo erano ancora nel pieno della battaglia.

— Soter! Kamarel! — gridò Sid. Loro, nel bel mezzo di una mischia, non la sentirono.

Combattendo insieme a Morfeo, li raggiunse. Non si accorse quasi di quello che fece nel tragitto. Si rese conto di badare poco a chi l'aggrediva e a chi la colpiva. Falciò tutti con in mente una sola cosa. Un pensiero che l'aveva accompagnata dal momento in cui si era risvegliata. Un desiderio subdolo che aveva tentato di ignorare e che adesso si stava rivelando una necessità.

Raggiunse il Tauro.

— Le armi della baracca… Sono ancora là? — domandò mentre gli dava man forte contro un nugolo di nemici.

— Erano nel carro! Quando hanno preso te hanno preso anche quelle! Non ho potuto evitarlo! Ma cosa…

— Maledizione! — urlò Sid. — Trovatemi quella stramaledetta Polsiera!

— Non scherzare, Artemide! — muggì Kamarel prima di essere riassorbito negli scontri.

Sid sbuffò. Doveva andare sulla Terra e subito, ma doveva andarci con l'arma giusta. La sua ossidiana, con Ares, non era mai bastata. Si rese conto che Soter la stava fissando, con un'espressione strana.

Sid si sentì bruciare dalla rabbia e si scagliò contro tre malcapitati Tauri che cercavano di fuggire. Un altro nugolo di servi di Ares si scatenò contro Morfeo e Kamarel. Sid si lanciò a dar loro manforte, ma sentì che Soter la prendeva per un braccio e la tirava verso di lui.

— Vieni — le intimò.

— Cosa diavolo fai? Non c'è tempo adesso! — sbottò lei.

Lui la guardò con durezza. — Hai detto che ti fidi. Dimostralo!

Sid lo seguì. Malvolentieri. Non capiva dove volesse arrivare. Scansarono gli attacchi. A un certo punto Sid gridò a Kamarel e a Morfeo di seguirli.

Soter la portò dietro una torretta di legno issata dai Lykaon e sulla quale fino a poco prima erano appostati gli arcieri nemici. Lei cominciava a innervosirsi.

— Allora?

— Non dovresti pensare a quella polsiera — disse lui cupo.

Con la rabbia che la divorava, Sid gli diede uno spintone, gli voltò la schiena e fece un primo passo per tornare sul campo di battaglia. — Ma vai al diavolo! — sbraitò.

In meno di un attimo lui le fu addosso. Con il braccio sinistro le cinse il torace, con l'altro le mise la spada sotto la gola.

— Perché devo minacciarti per farmi ascoltare?

A Sid venne voglia di usare la sua arma. C'erano Hoon e Luce in ballo adesso. Ma prima che si decidesse a farlo, Soter aggiunse: — Per favore.

— Sbrigati... — grugnì lei, rilassando i muscoli tesi.

Il ragazzo non mollò la presa, ma abbassò la spada. Sid si rese conto di avergli appena permesso di puntarle un'arma alla gola senza reagire davvero.

Il rubino di Dioniso

— Avrei dovuto prenderle tutte, quelle maledette pietre — sbottò Dude, stringendo nelle mani il rubino, mentre dall'altra parte della sala Hoon tempestava di folgori le pietre vorticanti.

— Hai fatto quello che potevi, ed è stato tanto — ribatté Luce. Dude la vide sfiorare per l'ennesima volta la corniola di Efesto, scatenando su Ares un nuovo muro di fiamme. Che per l'ennesima volta non lo scalfì nemmeno.

Dude non sapeva cosa fare. Avrebbe voluto riuscire a usare di nuovo la sua pietra. Provò a sfiorarla come faceva Luce. Non successe niente. Un vortice di pietre acuminate puntò dritto verso di loro. Luce si accucciò a terra per sfuggirgli e lui l'abbracciò per proteggerla.

— Vorrei che tu fossi altrove, al sicuro — gli sussurrò lei — ma sono contenta che tu sia qui con me.

Quella frase era dolcissima e allo stesso tempo terribile. A Dude sembrò un addio. Ma lui non era disposto a darlo, quell'addio. Poco tempo prima la voce di Luce aveva preso il posto di quella del rubino. Ma se voleva essere di aiuto a lei, era il rubino che doveva ascoltare.

La lasciò andare. Voltò il viso per non vederla. Guardò di nuovo il rubino. Improvvisamente scintillò una luce rossastra. Tutto quello che c'era intorno sparì. Buio e silenzio. Poi Dude vide ragazze con corone d'edera in testa che ballavano in preda a una frenesia assoluta. Cantavano e suonavano. Musica bellissima. Trascinante. Qualcosa di più di una voce. Un richiamo.

— *Liberaci.*

Dude tornò a vedere normalmente. E sfiorò il rubino. Non solo con le dita, ma anche con la mente, pensando alle ragazze che ballavano.

Una spirale di luce rossastra si irradiò dalla pietra. In quel fascio circolare si materializzarono le stesse ragazze che aveva visto connettendosi alla pietra. Spettrali, presero forma, con le loro corone d'edera in testa e le loro tuniche ocra. Ma adesso non brandivano più cetre con plettri d'avorio. Non più siringhe e cimbali, non sistri e crotali. Ma spade, mazze e macaire. E non cantavano più inni alla vita, ma gorgogliavano grida di battaglia e di vendetta. Vendetta per la fine del loro Signore, Dioniso.

Con furia selvaggia e barbaro furore, volarono lontano dal rubino che le aveva generate. E si avventarono sul Signore della Guerra.

Dude era annichilito.

***

Luce era esterrefatta. Si voltò verso Dude. Lui, con il rubino in mano, tremava.

— Come cavolo hai fatto?

Lui scosse la testa. — Chi sono? — mormorò, tenendo gli occhi puntati sulle ragazze che si scagliavano contro il Signore della Guerra, circondandolo con il loro volo spettrale e attaccandolo insieme.

— Le Menadi di Dioniso, credo — rispose Luce, ricordando la prima volta che le aveva viste nella mente di Dude dopo la battaglia nell'acquitrino degli Oneiron.

Qualcosa le finì addosso. Luce urlò, poi si rese conto che si trattava di Hoon. Doveva aver approfittato dell'attacco delle creature del rubino per raggiungerli.

— Quelle sono amiche vostre? — eruppe.

Luce indicò Dude, orgogliosa. — Credo che la voce del rubino fosse la loro — ipotizzò alzando il tono. Le grida delle Menadi e i ruggiti di Ares rimbombavano nell'intera sala. — Sicano ci aveva raccontato di una grande battaglia tra Dioniso e il suo esercito di Menadi contro Ares. L'esito della battaglia era stato disastroso, ma forse le ragazze erano riuscite a rifugiarsi nel rubino.

— Allora è il caso di dar loro una mano — si entusiasmò Hoon. — Adesso tocca a noi!

Si alzarono in piedi. Il Signore della Guerra aveva sollevato lo scudo per difendersi dagli attacchi delle Menadi.

***

Hoon evocò i suoi fulmini e li scatenò sul dio della Guerra. Lo centrò in pieno. Le grida delle Menadi si fecero più stridenti e i loro attacchi più crudeli. Per un attimo Ares traballò. Gli occhi di Hoon corsero alla fiamma. Di nuovo ebbe l'impressione che stesse vacillando.

In quell'esatto momento l'ambra di Demetra sullo scudo di Ares sfavillò del suo giallo cupo. Un raggio potentissimo investì le ragazze. Hoon sentì Luce che le si gettava addosso e la trascinava a terra vicino a Dude.

Udì una serie di boati, e grida di dolore. Fragore di roccia e urla, soffocate da scricchiolii sinistri e schianti.

La roccia dietro la quale avevano trovato riparo esplose. Hoon, Luce e Dude si trovarono di fronte al Signore della Guerra. Alle sue spalle, le Menadi pietrificate.

— Guarda, Atena! — tuonò il dio della Guerra.

Lei ebbe appena il tempo di sentire quella frase che i corpi di pietra delle ragazze di Dioniso andarono in pezzi con un boato. Crollarono a terra in una cascata di ghiaia.

Ares sfiorò una pietra sullo scudo, Hoon non riuscì a rendersi conto di quale avesse toccato. Un secondo dopo vide Dude sollevarsi per aria, come se una forza invisibile l'avesse preso per un braccio e tirato su. Subito dopo successe la stessa cosa a Luce. Lei gridò e perse di mano la corniola di Efesto che stava cercando di usare.

Hoon schiantò l'ennesima, inutile raffica di folgori contro Ares. Vide i corpi di Luce e Dude sospesi nel vuoto, scossi da spasmi.

— L'hai capito, Atena, che non potete nulla contro di me? — disse Ares.

Hoon evocò i suoi fulmini ancora una volta. Di nuovo centrò Ares. Lui non si scomodò nemmeno ad alzare lo scudo. Dude e Luce, sospesi a mezz'aria, roteavano su se stessi, incapaci di riprendere il controllo dei loro corpi. Burattini al vento.

Hoon vide il volto di Luce. Stava piangendo.

La cosa migliore

Soter aveva abbassato la spada, ma continuava a tenere stretta Sid per la spalla sinistra.

— Quello che ti è successo quando hai toccato quel bracciale potrebbe accadere di nuovo — cominciò.

— Ho ancora i miei poteri. Adesso saprei gestirlo — replicò Sid sicura.

— Può darsi. Ma l'hai toccato una sola volta e ti ha già cambiata.

— Vaneggi — sibilò lei.

Soter insistette. — Ma ti sei vista? Ci siamo allenati un sacco di volte insieme. So come combatti e non sei mai stata così spietata. È colpa di quel bracciale.

Sid si sentì colpita dritto al cuore. Quello che diceva Soter era vero. Fin troppo vero. Anche lei se n'era resa conto. Ma era esattamente ciò che voleva. Dal primo istante in cui aveva visto la Polsiera aveva provato una strana sensazione di attrazione e repulsione. Aveva sperato che metterci le mani sopra l'avrebbe aiutata a capire Ares. Era successo.

Nel momento in cui la vampata purpurea l'aveva scaraventata contro la parete dell'armeria e lei aveva avuto l'impressione di diventare niente, aveva compreso qual era l'ultima e la sola volontà di Ares.

L'annientamento e la distruzione di tutto ciò che non fosse lui stesso o una sua emanazione. Una cosa che Sid aveva sempre saputo a parole, ma che era troppo lontana dal suo modo di essere perché la potesse comprendere fino in fondo. Almeno finché non era stata travolta dalla vampata del bracciale.

— Quell'arma non c'è — sussurrò a Soter. — Ma se sai dov'è dimmelo subito.

Il ragazzo mollò la presa. Prima di lasciarla andare completamente le accarezzò i capelli.

— Ho detto tutto quello che dovevo. La scelta è tua, adesso. — Estrasse dalla tasca un involto di pelle e lo porse a Sid. — La dea sei tu.

Sid sgranò gli occhi. Aprì l'involto. La Polsiera della Negazione era lì, scintillante di bagliori sanguigni.

— Non mi andava di lasciarla in giro — aggiunse Soter.

— La cosa migliore nei momenti peggiori — sogghignò Sid. Fissando l'arma si sentì invadere da quella strana sensazione di attrazione e repulsione. Ma c'erano Luce e Hoon in ballo. Anzi. C'era molto, molto di più. Si concentrò sull'attrazione.

— Grazie — mormorò a Soter.

E afferrò la Polsiera.

***

— *Hoon, dove sei?* — rimbombò una voce nella sua mente. Lei provò a rispondere, ma una nuova fitta le attraversò il corpo.

Hoon guardava la sala dall'alto. Anche lei, come Luce e Dude, roteava su se stessa sospesa a mezz'aria come un burattino al vento. A intervalli regolari, dolorosissimi spasmi le squassavano il corpo. La sofferenza era tale che tra una fitta e l'altra aveva a malapena il tempo di riprendere fiato. Si sforzò di pensare. Evocare i suoi poteri le era impossibile. Luce singhiozzava piano. L'unica cosa che era riuscita a fare era afferrare Dude. Sospesi nell'aria, completamente in balia della volontà del Signore della Guerra, i due ragazzi si tenevano per mano.

Davanti a loro torreggiava il malefico dio, brandendo lo scudo.

— Dimmi, Atena. Ne valeva la pena?

Se solo Hoon ne avesse avuto la forza, gli avrebbe urlato che non solo ne era valsa la pena, ma che anche in quel frangente avrebbe rifatto ogni cosa, ogni momento e per sempre. Ma un'altra fitta l'attraversò, più lancinante e intensa delle precedenti.

— Non finirà mai. Se non saremo noi, qualcun altro ti darà la caccia — riuscì a sussurrare con un filo di voce.

La risata sprezzante di Ares echeggiò per l'intera sala. Il Signore della Guerra sollevò lo scudo.

— Addio, dee minori! — ruggì.

Hoon strinse i denti. Sapeva di non avere via d'uscita e sapeva che era arrivata la fine, ma mai, per nessun motivo al mondo, avrebbe dato al dio della Guerra la soddisfazione di vederla piangere. Mai gli avrebbe regalato una lacrima.

— Luce, Dude... vi voglio bene — riuscì a mormorare.

E fu l'ultima cosa che disse. Prima che la luce di una violentissima vampata purpurea travolgesse tutto.

Senza vittoria

Hoon precipitò a terra. Altri due tonfi. Dude e Luce erano caduti lì di fianco. Lei vide lampeggiare un'altra vampata. Sentì un grido disumano.

Era confusa e stanchissima, ma viva. Cercò di alzarsi in piedi e sollevò la testa.

Traballando vide l'ultima cosa che si sarebbe aspettata. Ares in ginocchio con una smorfia di dolore dipinta sul volto. Un'altra vampata lo investì. Lui gridò di nuovo.

Alle sue spalle Morfeo. E Sid. Con una delle sue armi di ossidiana e uno strano, alto bracciale di bronzo al polso.

— Sid! Sid!

L'amica, animata da incontrollabile furia, non le rispose. Dal micidiale bracciale esplose un'altra vampata che travolse Ares.

Hoon si voltò verso Luce. Stravolta, anche lei stava cercando di alzarsi. Dude era immobile a occhi chiusi. Lo scosse. Lui mugolò appena.

— Diamo una mano a Sid! — rantolò Luce e cominciò a tastare il terreno, probabilmente alla ricerca della corniola che aveva perso. La trovò quasi subito.

Hoon provò a evocare i suoi poteri. Avrebbe voluto scatenare una raffica di folgori sul dio della Guerra, ma non ci riuscì. Sid lanciò un'altra vampata dal suo bracciale. Ares crollò a terra e perse lo scudo. L'illuminazione all'interno della sala scemò.

— Ci pensiamo noi! — gridò Luce. Aveva in mano la corniola e traballò verso lo scudo.

Hoon si voltò verso la Fiamma d'Oro. Vacillava orribilmente. Il senso della cosa le era già chiaro, ma lei tentava di negarlo a se stessa. Un'altra vampata scagliata dal bracciale di Sid. Un altro grido di Ares. La fiamma si contrasse.

Clic

Hoon rabbrividì. Lo stesso *clic* aveva cercato di illuminarle la mente quando aveva avuto l'impressione che i suoi fulmini fossero molto più deboli di quanto avrebbero potuto. Un'altra volta i suoi poteri avevano percepito la verità un attimo prima di lei. Se funzionavano sulla Terra come sull'Olimpo significava che la fiamma era ancorata alla Terra. Ma la fiamma ora emanava flebili bagliori purpurei. Da solo Ares l'aveva spostata dall'Olimpo e l'aveva fatta sfavillare. Il Signore della Guerra era legato alla Fiamma d'Oro come Sid era legata alla Fiamma Nera. Ares legato alla fiamma legata alla Terra.

Non potevano ucciderlo.

Insieme a lui avrebbero condannato la Terra.

— Fermati, Sid!

Lei non l'ascoltò e colpì di nuovo. In quel momento Morfeo raggiunse Hoon.

— Come stai, Atena? — mormorò.

— Dobbiamo impedirle di dare il colpo di grazia ad Ares — gli disse guardandolo negli occhi. E gli indicò la fiamma. Non ebbe bisogno di altre parole per spiegarsi. Jared aveva capito.

E per prima cosa fermò Luce che aveva raggiunto lo scudo e si preparava a usare una delle pietre degli dei contro il dio della Guerra.

La prese per una spalla.

— Non farlo — mormorò. — Aiutaci a placare Sid.

***

La più grande potenza mai espressa da un'arma. La più imbattibile forza distruttiva mai evocata. Sid era esaltata nel vedere Ares crollare. Parecchio tempo prima si era ripromessa che gliele avrebbe fatte pagare tutte. Be'... lo stava facendo. Quel mostro non meritava pietà. Il suo dolore era un risarcimento per tutti. E per lei un vero piacere.

Sid sapeva benissimo che in quella sala c'erano anche Luce, Hoon e Morfeo, ma quello che vedeva, quello che voleva vedere, era solo Ares. E la sua fine.

Conosceva bene il dolore che potevano provocare le vampate del bracciale e gliene scatenò un'altra addosso.

Il Signore della Guerra era a terra. Travolto dall'ennesima vampa purpurea, il suo corpo si mosse in modo disarticolato, come se fosse percorso da scosse elettriche a ripetizione.

Sid gli si avvicinò. Lui si sollevò appena.

— Non ucciderlo! — le gridò Hoon che le si stava avvicinando insieme a Morfeo e Luce.

— Tanto non avresti il coraggio di farlo — sogghignò Ares.

Sid gli si accucciò di fianco.

— Vuoi scommettere? — sibilò.

In un impeto di orgoglio guerriero Ares afferrò il braccio di Sid, mettendo la mano sulla Polsiera.

— Hai perso, Artemide! Tu più di tutte! — sogghignò.

— Se lo uccidi condannerai la Terra! — gridò Luce.

Sid guardò Ares negli occhi.

— Per te è finita, Ares — grugnì. — E quest'arma è mia.

— Tu sei mia! — sogghignò lui. Un lampo di maligna soddisfazione gli balenò nello sguardo.

Sid gli sferrò un calcio. Divincolandosi si liberò della sua presa. Alzò il braccio sinistro. Era pronta a usare la Polsiera della Negazione per l'ultima volta.

Una vampata purpurea più intensa delle precedenti investì in pieno il Signore della Guerra, irradiando l'intera sala.

— Sid, nooo!

E fu buio.

La notte di quiete

C'erano fiaccole. E una strana quiete. Nel silenzio si sentiva il respiro di qualcuno. Lo sciabordio delle onde era appena percettibile. Sicano reggeva la torcia più splendente.

— È finita — mormorò il Vecchio con gli occhi di pietra.

Nessuno disse una parola. Per un po' rimasero tutti lì, in un cupo e lugubre silenzio.

— Non sono sicuro di aver capito — disse alla fine Dude. Aveva cento mal di testa diversi e stava in piedi a fatica. Teneva gli occhi fissi sull'enorme sarcofago bronzeo, percorso da stupefacenti bagliori liquidi che pulsavano a intermittenza. Il sepolcro troneggiava sull'isolotto sotto la Fiamma d'Oro, che aveva perso ogni riflesso purpureo. Poco più alta di un metro, bruciava tranquilla come se nulla fosse successo. Il ragazzo indicò il sarcofago.

— Quel coso è una specie di prigione in cui tenere rinchiuso Ares per l'eternità?

— Una specie — trillò Luce.

— Di certo non ne potrà uscire facilmente — ammise Sicano. — Ma più che di un carcere si tratta di una cura.

— Purtroppo — commentò Sid con la voce più roca del solito. Lontana dal gruppo, era seduta sulla riva dell'isolotto e guardava il mare dando le spalle al sepolcro di Ares.

— Quel sarcofago era già antico quando l'Olimpo era giovane — riprese Sicano. — Terrà accesa l'ultima scintilla di vita rimasta ad Ares.

— Che non dovrà mai smorzarsi — aggiunse cupa Hoon che abbracciava Morfeo. — Ares è ormai legato alla Fiamma d'Oro che è ancorata alla Terra. La loro esistenza è reciprocamente vincolata. La fine di Ares porterebbe la devastazione nel nostro mondo.

— Potremmo comunque cercare il modo di spezzare quel legame — insistette Sid.

Dude rabbrividì. Sid era sempre stata decisa e aveva avuto le idee chiare su quello che voleva. Ma non era mai stata il tipo che vuole la disfatta totale dei suoi nemici. Quindi gli venne un dubbio. — Potrebbe uscire da lì? — domandò sperando ardentemente in una risposta negativa.

— A meno che tu non abbia intenzione di aprire il sarcofago, non credo — rise Luce.

— Allora siamo al sicuro — sorrise Dude. Finalmente, dopo tanto tempo, si sentiva tranquillo. Però aveva ancora in mano il rubino. Lo studiò per un attimo. Era indiscutibilmente una bella pietra. Ma nulla di più. La porse a Sicano. — Meglio che questa la conservi tu, insieme alle altre e allo scudo.

Il Vecchio con gli occhi di pietra gli sorrise.

— In un certo senso ti appartiene. Sei libero di...

— No — lo interruppe Dude. — Voglio essere libero di battermi solo nella mia palestra, di dormire fino a tardi la mattina e di godermi le vacanze. — Lanciò un'occhiatina a Luce, che gli sorrise.

Sicano prese la pietra. — Accetto di custodirla, come serberò le altre e lo scudo di Ares. Ma nessuna delle pietre degli dei mi appartiene.

— A noi bastano le nostre — cinguettò Luce strizzando l'occhio a Hoon.

Dude guardò di nuovo Sid. Non si era spostata di un millimetro e sembrava che vivesse in una dimensione diversa da tutti gli altri.

Le si avvicinò.

— Guarda che abbiamo vinto — mormorò.

Sid gli sorrise. — Più o meno.

— Non startene qui da sola. Vieni con noi — disse. Le porse la mano. Sid fu incerta per un attimo. Poi la prese. Lui la tirò su e lei lo lasciò fare.

— Sei stata grande! Quando hai sferrato quell'ultimo colpo… ho pensato veramente che fosse finita per sempre.

— Ho imparato a usare bene questo bracciale. Sapevo come annichilire Ares senza distruggerlo — replicò lei.

Dude l'accompagnò in mezzo agli altri, ma si accorse che l'amica evitava di guardare il sarcofago.

— Pochi sapranno quello che avete fatto stanotte qui — stava dicendo Sicano. — Ma coloro che ne verranno a conoscenza si inchineranno a voi con gratitudine.

— Non solo a noi — cinguettò Luce. — Se tu non avessi tirato fuori dal cappello quel sarcofago quando io e Hoon siamo venute a cercare il tuo aiuto sull'Olimpo…

— Veramente lo teneva in un cappello? — si stupì Dude.

Hoon, Morfeo e Luce scoppiarono a ridere.

— Era un modo di dire…

Anche a Dude scappò una risata.

— Be'… con tutto quello che siete state in grado di combinare, non sarebbe poi così strano! — si difese lui.

— Ora c'è un'ultima cosa di cui dobbiamo preoccuparci — disse Sicano serio.

"E scommetto che non ha nulla a che fare con il riposo" pensò Dude. Si accorse che il Vecchio con gli occhi di pietra gli scoccava un'occhiata divertita, e gli sorse il dubbio di aver parlato ad alta voce.

— Ci dovrà essere sempre qualcuno di guardia al sarcofago. Sull'Olimpo ci sono persone fidate che…

— Non ha già sofferto abbastanza la gente della Sinfalide? — s'indispettì Sid. — Anche se la battaglia di oggi è stata vinta, sono tutti molto provati. Ci pensiamo noi.

— Sid ha ragione! — le diede man forte Morfeo. — Posso cominciare io.

Dude vide l'espressione delusa di Hoon.

— Sarò comunque qui sulla Terra — le sorrise Jared.

— La gente dell'Olimpo ti darà il cambio — ribatté Sicano. — Ma concederemo loro il tempo di riprendersi.

— Non potremmo tenerlo d'occhio con il Mercur? — domandò Luce.

— Il Mercur si rifiutava di prendere in considerazione Ares anche quando era in condizioni migliori di queste. E non vedeva nemmeno Sid quando lei era tramortita sull'Olimpo — rispose Hoon.

Sicano sospirò. E per la prima volta a Dude sembrò solo un uomo anziano e affaticato. In fondo – anche se con l'aiuto di Sid, Morfeo, Luce e Hoon – era stato lui a occuparsi del rituale che aveva permesso di rinchiudere Ares nel sarcofago e di mantenerlo in quello stato. A guardarlo adesso gli sarebbe venuto spontaneo chiamarlo nonno.

— Puoi chiamarmi come vuoi — gli disse Sicano. E lui arrossì violentemente. Eppure Luce glielo aveva detto che il Vecchio con gli occhi di pietra era qualcosa di più che incredibile!

— Io devo tornare alla Sinfalide, adesso — concluse.

In un lampo Sid gli fu vicino.

— Ti accompagno io.

— Un momento! — esclamò Luce. — Per cominciare lo possiamo accompagnare tutti. Tanto, se vogliamo tornare a casa, dall'Olimpo ci dobbiamo passare comunque. Non possiamo certo raggiungere la spiaggia a nuoto.

— Nessun problema — fece Sid.

— E poi avrei un desiderio… — aggiunse Luce.

Solo una monetina

A Rainbow Hill mancava pochissimo all'alba. Era ancora buio, ma si sentiva già l'odore del mattino.

Luce aveva fatto il giro dei genitori in ansia. Aveva sbattuto le ciglia con tutti e li aveva convinti che andava tutto bene, strappando anche il permesso di dormire con le amiche.

Stava accompagnando a casa Dude, per proteggerlo dal pericolo più grande: le ire funeste della madre infuriata.

Camminavano affiancati mettendo i piedi uno dopo l'altro, strascicandoli. Ogni tanto si guardavano e si sorridevano.

— Non so come tu faccia. Io non vedo l'ora di andarmene a dormire e tu… sembri in piena forma — biascicò lui.

— Tutta apparenza — ribatté lei. — Comunque siamo arrivati.

— Ma poi dovrò accompagnare te! Non vorrai andare in giro da sola a quest'ora di not…

Luce gli sorrise divertita. Lui ridacchiò.

— No, non credo che tu abbia bisogno di essere accompagnata.

— Non lo credo nemmeno io.

Non erano ancora davanti alla porta di casa Morrison, che videro schizzare fuori Klelia.

— Ti sembra l'ora di tornare a casa? — urlò e con il tono di voce in salita cominciò a strepitare. — Mi hai fatto impazzire dalla paura, sei un irresponsabile, un figlio degenere, un essere spregevole, un…

Luce le si parò davanti per interrompere quel fiume di insulti che non aveva l'aria di volersi fermare. Intercettò lo sguardo della donna.

— Va tutto bene. Adesso può tornarsene a dormire tranquilla e felice. E Dude è un bravo ragazzo! — disse tra un battito di ciglia e l'altro.

La donna la fissò per un attimo con aria imbambolata.

— D'accordo. Vieni, Dude. È tardi. Sarai stanco — disse, prendendo il figlio per una spalla e trascinandolo verso casa. — Ciao, Luce.

Lei le fece un cenno di saluto e rispose alla strizzata d'occhio del ragazzo.

Vide Dude sparire in casa e la porta richiudersi.

Sospirò. Era un po' delusa. D'accordo che erano capitate parecchie cose quella sera, ma si sarebbe aspettata che una volta rimasti soli, Dude le avrebbe detto qualcosa a proposito di ciò che era successo sulla spiaggia. Oppure che l'avrebbe salutata con un bacio. Invece, niente.

La storia si ripeteva. Era già successo. Dude la baciava, Ares lo chiamava e lui dimenticava tutto. E quando lei gli aveva raccontato tutta la verità sul loro passato e su quello che era successo sull'Olimpo, aveva omesso quel dettaglio.

Luce voltò le spalle alla casa e si avviò con un sospiro. Pazienza... avrebbe ricominciato tutto da capo. Se Dude aveva capitolato due volte, l'avrebbe fatto anche la terza.

— Luce — gridò Dude alle sue spalle. — Mi sono scordato una cosa importante!

Come volevasi dimostrare. Lei tentò di contenere il sorrisino che le stava nascendo, ma sapeva di non riuscirci affatto. Si voltò verso il ragazzo. Sicuramente lui voleva parlare del bacio. O qualcosa di meglio, tipo dargliene un altro.

— Cosa c'è?

Lui la raggiunse. Aveva in mano una moneta. Gliela porse.

— Così adesso siamo a posto! — disse mettendogliela in mano.

Lei sentì il sorrisetto dileguarsi. — Eh? — riuscì a dire.

— Non ti ricordi? Stasera mi hai regalato il coltellino. E hai detto che se non ti davo una moneta in cambio avrebbe portato sfortuna. E guarda cosa è capitato!

Luce gli avrebbe dato un pugno. Va bene la scaramanzia, ma possibile che di tutto ciò che era successo sulla spiaggia lui si ricordasse di quello?

Gli sorrise.

— Ok. Buonanotte.

Gli voltò le spalle e se ne andò. Ebbe l'impressione che lui ci fosse rimasto un po' male per quel saluto brusco. Ma era troppo arrabbiata. Le venne voglia di tornare indietro e convincere Klelia Morrison che suo figlio non era affatto un bravo ragazzo, ma un Megatonto e un'Iperpustola. Si trattenne. Lanciò via la monetina che colpì un gatto randagio. Lui miagolò stizzito il suo disappunto.

Luce non l'avrebbe mai detto, ma era stato più facile sistemare Ares che conquistare Dude!

***

Sid era nella Sinfalide. I segni della battaglia erano ancora visibili, ma c'era una strana calma. Kamarel, Soter e un Lykaon che non conosceva – probabilmente Stinx – stavano parlando con Sicano e Auron. Del futuro. Era piacevole. In quel momento lei si limitava ad ascoltare.

— Tu sei d'accordo? — le chiese il Tauro.

Si rese conto di aver perso il filo del discorso. Era stanchissima.

— Dovresti riposarti un po'. Ora abbiamo tutto il tempo per prendere le decisioni che dobbiamo — disse Sicano. — Credo che anch'io mi ritirerò nel mio alloggio.

Lei annuì. Era stanca davvero. Aveva già incontrato Glauce e sua madre. Entrambe erano sopravvissute alla battaglia. Gail si era spaventata moltissimo, ma le era bastato vederla sana e salva per voltare pagina.

Sid aveva anche incontrato uno strano Tauro con un corno spezzato che le aveva dato un sasso per Hoon. Le aveva detto il suo nome, ma lei non riusciva a ricordarselo.

— Allora a più tardi — disse.

Il gruppetto si disperse. Auron le restò accanto.

— Se vuoi venire a dormire con me e la mamma…

— No, grazie — disse Sid e rimase in apnea. Era evidente che il padre aveva voglia di insistere.

— Come vuoi — rispose, sorprendendola.

— A chi l'hai permesso? A Sid o ad Artemide?

— L'ho permesso a mia figlia — rispose Auron.

Sid lo abbracciò.

Poi si incamminò verso il suo cortile. Sperava di trovarlo integro. Era la sua tana in quel mondo. Non voleva assolutamente perderla. Mentre si inoltrava per i corridoi del villaggio sotterraneo ripensò a quello che le avevano raccontato Kamarel e Soter. Contemporaneamente alla sconfitta di Ares, tra le truppe che assaltavano la Sinfalide si era scatenato il caos. Il Tauro, Soter e Auron, insieme a Sicano – almeno finché Luce e Hoon non erano andate a prenderlo – erano riusciti a fermare gli scontri con l'aiuto di gente fidata. Appena saputo della sconfitta del Signore della Guerra, i suoi scherani avevano patteggiato la resa. Si erano ritirati. Quelli che non si erano voluti arrendere erano stati fatti prigionieri dai guerrieri di Kamarel e portati dove non avrebbero potuto nuocere. Il Tauro pensava che con il tempo si sarebbero abituati anche loro a una vita normale. Ed era convinto di poter riaddestrare gli pteros.

Sid arrivò nel suo cortile. La tenda era mezzo bruciata. Come i mobili di giunco e i cuscini. Non importava. Li avrebbe sostituiti. Avrebbe ricostruito tutto. Il glicine, sebbene riarso, era ancora vivo. Sid andò a cercare dell'acqua per innaffiarlo.

Finalmente insieme

Era stata Luce a esprimere il desiderio di andare a dormire tutte a casa di Sid. Hoon aveva accettato subito e ne era stata ben felice. Sid aveva promesso che le avrebbe raggiunte di lì a poco. Anche lei era contenta di stare con le amiche e di rivedere la sua casa.

— Bisognerebbe dare una bella ripulita da queste parti — commentò Hoon.

Entrarono nella cucina di Sid. Il pavimento era ricoperto da uno strato di fango secco che risaliva al giorno dell'inondazione.

Luce rovesciò sul tavolo il contenuto del sacchetto con cui era comparsa. Patatine, snack e bibite.

— Come hai fatto? — domandò Hoon.

— Bar aperto. Non si può festeggiare a pancia vuota.

In un lampo nero Sid comparve di fronte a loro.

Si sorrisero tutte. Poi, insieme, senza che nessuna dicesse una parola, si buttarono una addosso all'altra in un triplice abbraccio.

Luce si mise a piangere.

— Cosa c'è? — le chiese Sid.

— Niente — rispose lei contenendo i singhiozzi. — Sono contenta che sia tutto finito. Sono contenta che siamo tutte qui. Sono contenta che siamo ancora amiche come sempre.

— Allora dovresti ridere — disse Hoon.

— Lo so. Non ha senso, ma in queste ultime ore ho pensato talmente tante volte che fosse finita che… non mi sembra vero che domani, cioè oggi… più tardi insomma, possiamo ricominciare a vivere la nostra vita normale.

Luce era un fiume in piena. Si voltò verso Sid e aggiunse: — E poi non vedo l'ora che tu torni a vivere qui.

Sid si irrigidì e Hoon lo notò. L'abbraccio si sciolse.

— Perché tu torni qui, vero? — chiese Luce sgranando gli occhi.

Sid sospirò. — Non lo so. È presto per dirlo. Non ne ho ancora parlato con i miei.

A Hoon venne in mente la domanda che poco tempo prima le aveva fatto Morfeo. E più o meno la pose a Sid. — Ma a te cosa piacerebbe fare?

Sid non rispose e guardò il frigorifero.

— Non pensarci nemmeno! — s'inserì Luce. — Noi ti vogliamo a Rainbow Hill!

— Solo se è quello che vuoi anche tu — specificò Hoon. Si accorse che Luce si stava innervosendo. La vide sedersi sul divanetto, poi alzarsi, poi risedersi.

— Diciamo che noi vogliamo che tu faccia quello che preferisci, ma più ci sei vicina meglio è! — esplose alla fine.

— Ci penserò — rispose Sid. — So solo che sull'Olimpo c'è parecchio da fare. La convivenza tra Olimpici, Tauri e Lykaon è appena iniziata e non sarà semplice. Io credo di poter essere d'aiuto. Non ho nulla di così importante da fare sulla Terra, adesso.

— Se avrai bisogno del nostro supporto, dovrai solo chiedercelo — le disse Hoon.

— Lo so — sorrise Sid. — Ci contavo.

— Comincio a pensare che tu preferisca essere chiamata Artemide che Sid — commentò Luce.

Di nuovo Sid non rispose. Hoon decise di non insistere sull'argomento. Se per loro la guerra con Ares era già finita, per l'amica forse non era proprio lo stesso.

— Devo darvi delle cose — disse Luce e andò a prendere la borsa. Estrasse due quadernetti e ne consegnò uno a testa.

— Cosa sono? — chiese Sid.

— Un modo per dirvi che vi voglio bene — sussurrò Luce. — Ares si è scatenato nel momento in cui eravamo separate. Mi era sembrato un gran brutto segno.

— Ma alla fine l'abbiamo combattuto insieme — le fece notare Hoon.

— Appunto! Mi era sembrato un brutto segno. Non lo era.

Hoon sfogliò il quadernetto. L'aveva assemblato l'amica. C'erano foto, scritte e ricordi dell'anno di scuola. Luce ci doveva aver lavorato un sacco.

Sid scoppiò a ridere quando vide la sua foto di classe, scattata mentre lei starnutiva. Si sedettero tutte vicine sul divanetto per sfogliare i quadernetti.

— Così se deciderai di restare nella Sinfalide, ci porterai sempre con te — disse Luce a Sid. Hoon notò lo sforzo che Luce doveva avere fatto per dire quella frase. E anche Sid lo capì, tanto che l'abbracciò e le diede un bacio sulla guancia.

— Grazie. Ma a proposito di regali, mi stavo dimenticando di questo.

Estrasse una pietra di tasca e la porse a Hoon. Appena lei la prese in mano riconobbe il Fiore di Roccia.

— Varel!

— Ecco come si chiamava! — esclamò Sid. — Ha

aiutato Morfeo a trovarmi e alla fine ha combattuto al nostro fianco. Ha detto che spera di incontrarti ancora.

— Lo spero anch'io.

— Che ne dite di mangiare qualcosa e poi di andare a dormire tutte insieme nel lettone della mamma di Sid? — propose Luce.

— Non chiedo di meglio!

Tutte insieme andarono a scartocciare i pacchetti che c'erano sul tavolo. Mentre apriva una scatola di biscotti al cioccolato, Hoon non poté evitare di guardare il bracciale di bronzo che Sid aveva al polso. Quando glielo avevano chiesto, lei aveva semplicemente detto che era un'arma preziosa che le aveva offerto Kamarel, il suo nuovo fidato amico Tauro. Ma a Hoon non era sfuggito che il bronzo di quel bracciale era lavorato come quello dello scudo di Ares. Si rese conto che doveva averlo fissato per qualche secondo di troppo. Incrociò gli occhi di Sid. Ebbe l'impressione che con lo sguardo le dicesse: "Non parliamone adesso." Lei sorrise e rovesciò i biscotti su un piatto.

Luce, che aveva versato dell'aranciata in tre calici, li porse alle amiche. — Brindiamo a noi! E a tutti coloro che ci piacciono.

Le ragazze fecero tintinnare i bicchieri. Hoon non aveva ancora portato il suo alle labbra che il Mercur

3000 squillò. Lo estrasse di tasca e diede una veloce occhiata allo schermo. Fece un sorrisino.

— Mi sa che è per te. Dude.

Luce lo prese con aria stupita. Anche lei guardò lo schermo. Indossò un'aria battagliera e rispose. — Pronto?

Hoon e Sid si guardarono ridacchiando.

— In fondo è parecchio che non si vedono! — sussurrò la prima.

— Mi dispiace che tu non riesca a dormire. Prova a contare le pecorelle — disse Luce al telefono con un tono gelido.

Stupite dalla stramba risposta, Hoon e Sid si lasciarono andare a una raffica di risatine.

Poi videro che Luce cambiava espressione. L'aria battagliera si dileguò.

— Adesso sembra un porcellino felice che si rotola nel fango più fangoso del mondo — sussurrò Sid divertita.

— O una di noi che si tuffa in una piscina piena della cioccolata più cioccolatosa — replicò Hoon sogghignando.

***

Il cuore di Luce batteva a mille all'ora. Voltò le spalle alle amiche che sghignazzavano. Non era sicura di aver capito bene e le mancavano le parole.

— Scusa, c'è stata un'interferenza. Puoi ripetere? — riuscì a chiedere.

— È che con tutto quello che è successo, mi stavo domandando una cosa — le rispose Dude. — Ma non posso rispondermi da solo. Lo farei anche, ma non avrebbe senso.

Luce stava friggendo. Stava solo parlando al telefono, ma aveva l'impressione di strapparsi i capelli e di dare delle testate contro il muro.

— Dimmi — lo incoraggiò.

— Mmm, mi pare che il tono si sia addolcito parecchio! — echeggiò la voce di Hoon.

Luce si tappò l'orecchio libero e si concentrò su Dude.

— Noi due stiamo insieme, adesso, vero? — domandò lui.

Esplosione stellare di centoventisette supernove. Burrasche oceaniche e tifoni incontrollabili. Ottocentoventitré soli di mezzogiorno nel deserto. Una caduta dalla cima dell'Everest al mare in tre secondi netti.

In quel caos di sensazioni, Luce riuscì solo a dire: — Sì.

— Ok... — la voce di Dude le arrivò da lontano. — Ci vediamo più tardi.

Luce sentì la comunicazione interrompersi, si sdraiò per terra e chiuse gli occhi.

— Oh, mamma!

Era davvero troppo bello. Questa volta non se n'era dimenticato. Non ci poteva credere.

Lei e Dude.

Aprì un occhio. Vide Hoon e Sid piegate verso di lei. Sorridevano.

— Qualcuno deve raccontarci qualcosa? — chiese la prima.

— Qualcuno deve raccontarci parecchio! — ribatté la seconda.

— Oh, mamma! — riuscì solo a dire Luce.

Quadri

Era un caldo primo pomeriggio. Sid se n'era appena tornata sull'Olimpo. Ma Hoon e Luce dovevano affrontare l'ultima sfida.

— Sembriamo due condannati che camminano verso il patibolo — mugugnò Hoon. Era esattamente così che si sentiva. Invece stava solo percorrendo la strada che portava verso la scuola, insieme a Luce.

Incrociarono Ozgur che camminava in senso contrario.

— Novità? — gli chiese Luce.

— Stanno per esporli — borbottò lui con l'aria di chi non ha nessuna voglia di vedere i risultati. — Magari ci troviamo lì dopo.

— Oh, no! No! No! No! — cominciò a cantilenare Luce, mentre il ragazzo si allontanava in fretta.

— Manteniamo la calma — suggerì Hoon.

— Io sono calmissima — ribatté Luce. — Sono i miei piedi che si rifiutano di fare un altro passo verso la scuola.

— Anche i miei — ammise Hoon.

Si guardarono e scoppiarono a ridere. Luce la prese sotto braccio.

— Arriviamo insieme fino al cancello — propose Luce. — Quando siamo là possiamo sempre decidere di fare dietro-front e tornare a casa. O andare a vivere anche noi sull'Olimpo e non sentir più parlare di scuola, compiti e libri.

— Ottima strategia — approvò Hoon. Era sicurissima che la Johnson le avesse dato la sua materia da recuperare. Dopo la scena dell'ultimo giorno non riusciva a sperare di meglio.

Svolta a destra. Scuola in vista. Contemporanea accelerazione del battito cardiaco. Salivazione a zero. Piedi piantati a terra, incapaci di proseguire anche di mezzo centimetro.

— Più aspettiamo, più allunghiamo lo strazio! — sentenziò, ma non si mosse di un passo.

— Giusto! — affermò Luce, anche lei immobile. — Proviamo a pensare al peggio.

Hoon sobbalzò. — Non mi sembra molto rassicurante.

— Ci hanno bocciate — ipotizzò Luce. — Ai genitori lo dico io e gli dico pure che è un buon motivo per festeggiare l'evento e per coccolarci, dato che dovremo riprenderci dalla delusione. Che in realtà non ci sarà, perché conosceremo un sacco di nuovi compagni e magari ci troveremo anche meglio rispetto alla classe in cui eravamo. Avremo un sacco di professori adorabili che ci daranno solo bei voti e sarà fantastico.

— Se vai avanti così, finirò per sperare che mi abbiano bocciata davvero!

— Appunto! Andiamo.

Si avviarono verso la scuola, che incombeva su di loro con aria sadica. Superarono il cancello ed entrarono nell'ingresso. Strapieno di studenti. Alcuni felici, alcuni con un broncio chilometrico, altri con la loro stessa espressione di terrore.

Nelle teche erano già esposti i voti.

— Guarda tu! — fece Luce.

— No, guarda tu!

— No, tu!

— No, io no!

— Luce! Hoon!

— Dude! — esplosero insieme le ragazze. Si guardarono per un attimo. E si capirono al volo.

— Avere un ragazzo terrestre ha i suoi bei vantaggi — le sussurrò Luce. E corse ad abbracciarlo.

Gli parlò per qualche secondo e tornò da lei trionfante.

— Guarda lui! — le annunciò.

Hoon si sentì improvvisamente più leggera. Abbracciò l'amica. Ancora poco e la sua estate sarebbe stata decisa.

***

— Siete pronte per le notizie? — chiese Dude con aria furbetta.

— Non ci provare! — sibilò Hoon. — O Luce ti convincerà a spaccarti la testa contro il muro!

Luce si accorse che per una frazione di secondo lui aveva preso sul serio la minaccia di Hoon. Ma si rilassò subito in un sorriso.

— Ok! Promossi tutti e tre! Almeno per quest'anno!

— Ya-hooo! — si mise a ululare Hoon con un salto. — Niente lavori forzati al negozio!

— Ma la Johnson ha dato il voto più basso a tutta la vostra classe, dicono per qualcosa che è successo l'ultimo giorno.

— Sono solo numeri! — disse Luce strizzando l'occhio a Hoon.

Finalmente era giunta l'ora delle vacanze. Vacanze vere senza più pensieri, né scolastici né di nessun altro tipo.

— Comunque io e te dobbiamo parlare… — le sussurrò Dude. — Pretendo la solenne promessa che non userai mai i tuoi poteri con me!

— Hai la mia parola — sorrise lei. Si lasciò trasportare e gli schioccò un bacio sulla guancia. Dude l'abbracciò. Ma il meglio doveva ancora venire. In un gruppetto in fondo c'era anche l'orrenda Vomitilla. Che doveva averli notati: aveva l'aria di una che ha appena ingoiato un'allegra famigliola di rospi. Luce non riuscì a trattenere un sorrisetto soddisfatto.

S'incamminarono verso l'uscita della scuola. Due mesi senza nemmeno vederla. Un vero piacere.

— Piscina anche oggi? — chiese Dude.

— Per me caverna! — rispose Hoon.

— Allora salutaci Jared! — fece Luce.

— Guarda! Fuori ci sono Craig e Jamar!

Luce guardò i due molesti. Avevano l'aria rintronata ed erano pallidissimi. Appena li notarono si avvicinarono.

— Cosa vedo? — esclamò Craig. — La mia futura sposa ancora con un altro!

— Che festa ieri sera, ragazzi! — gli fece eco Jamar. — Non mi ricordo per niente com'è andata, ma deve essere stata clamorosa. Io e lui ci siamo risvegliati stamattina sulla spiaggia, con un sacco di altra gente intorno.

— Ma nessuno che si ricordi cosa sia successo — disse Craig.

— Però ci è rimasto un dubbio — riprese Jamar. — Lui crede che ci foste anche voi, io dico di no. Allora, chi ha ragione?

Luce guardò prima Dude, poi Hoon.

Loro tre sapevano come era andata davvero. Craig, Jamar e gli altri erano ancora vivi solo perché Sicano aveva proposto di utilizzare su di loro il potere generatore dell'opale di Era. Luce aveva usato la pietra per ricongiungere ai loro corpi svuotati le essenze vitali, che si erano messe a fluttuare per la caverna come spettri impazziti dopo che Sid aveva inferto l'ultimo colpo ad Ares.

— Allora, chi ha ragione? — ripeté Craig.

— Non lo saprete mai! — ridacchiò Hoon.

"La risposta ideale" pensò Luce. A guardare i due ragazzi che si lamentavano e insistevano con Hoon per sapere tutta la verità, riusciva a intravedere a malapena il Molesto Numero Uno e Due. Quelli che aveva di fronte erano ancora i due bambini troppo cresciuti che aveva visto nei sotterranei dell'isola di Atat.

Sospirò. Avrebbe avuto voglia di stare da sola con Dude. Con un'occhiata interrogativa gli indicò i suoi amici che continuavano a tormentare Hoon. Lui le sorrise e annuì. — Lasciatela in pace! Che ne dite invece di venire in piscina con noi?

Dopo quello che avevano passato, non volevano lasciarli soli. Anche se loro non si ricordavano di nulla. Sarebbe stato divertente comunque.

***

Sid era passata a salutare i suoi. Più tardi avrebbe raggiunto Kamarel e Sicano. Entrò nel cortile semidistrutto dal fuoco. Avrebbe ricominciato tutto da lì. Dalla sua nuova casa. Amava ancora quella di Rainbow Hill, ma non appena ci era arrivata aveva capito che faceva parte del suo passato.

Il suo futuro era l'Olimpo. A cominciare dal glicine che aveva resistito alla battaglia. Ci si avvicinò. Cominciò a staccare i rami bruciati.

— Serve aiuto, dea? — alle sue spalle la voce di Soter.

— Mi hai seguita? — chiese lei.

— Ti ho raggiunta — replicò lui. — Serve una mano?

Sid fece cenno di no con la testa. — Non ora.

Ignorando la sua risposta, Soter le si mise accanto a levare i rami secchi del glicine. — Stai bene davvero? — insistette.

Sid non gli rispose. Fino a quel momento aveva evitato di guardarlo negli occhi. Più che altro non voleva che lui la guardasse troppo. O che le facesse domande.

Nemmeno lei aveva una gran voglia di guardarsi. Né di cercare risposte.

Sentiva però che lui la fissava, anche se continuava a staccare i rami bruciati, come faceva lei.

— La voce che hai sconfitto Ares si sta spargendo. Se prima da queste parti ti adoravano, adesso è anche peggio — ironizzò lui.

— Non l'ho sconfitto da sola — borbottò Sid.

— Già! L'avevi detto anche ieri.

Continuarono a staccare rami per un po'. In silenzio. Lei teneva gli occhi fissi su quello che stava facendo. Le era fin troppo chiaro che Soter la stava studiando e prendeva tempo. Aveva l'impressione che tutte le cose che diceva ne sottintendessero solo una. Quella che non voleva sentire. Quella che anche Hoon le aveva risparmiato, e che forse anche Sicano e Kamarel avevano volutamente evitato. Continuò a staccare i rami bruciati. Si concentrò su quello che aveva appena preso in mano. Le foglie erano annerite, ma il legno era ancora morbido ed elastico. Staccò le foglie, ma non il ramo. Poi si fermò.

Soter l'afferrò per i capelli e la costrinse a guardarlo negli occhi. Lei si divincolò e lo allontanò. Lui le afferrò il braccio. — Come mai indossi ancora questo bracciale?

— Guarda che non ho nessuna intenzione di toglier-melo.

— Ti ho chiesto solo perché ce l'hai ancora addosso — sibilò lui. Le lasciò andare il braccio e ricominciò a staccare rami come se niente fosse.

Per un po' rimasero così, in silenzio, a sistemare insieme il glicine.

— Prima o poi dovrai pensarci davvero — aggiunse Soter senza interrompersi.

— Lo so — mormorò Sid. Poi si voltò a guardarlo.

Soter le sorrise. Stavolta con l'anima.

Indice

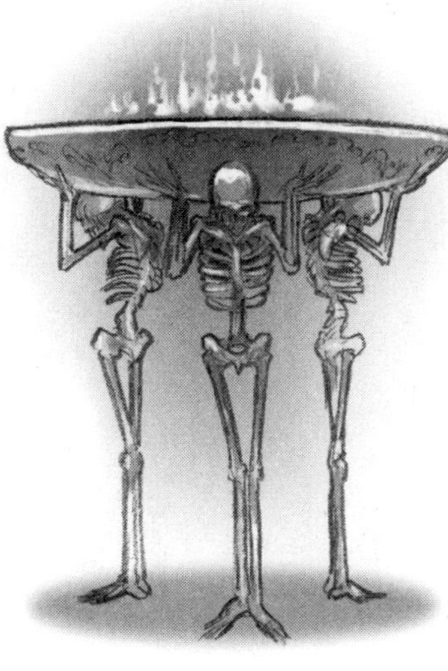

I primi tre episodi della serie
raccolti in un unico volume
con tre inserti a colori
e un capitolo inedito.

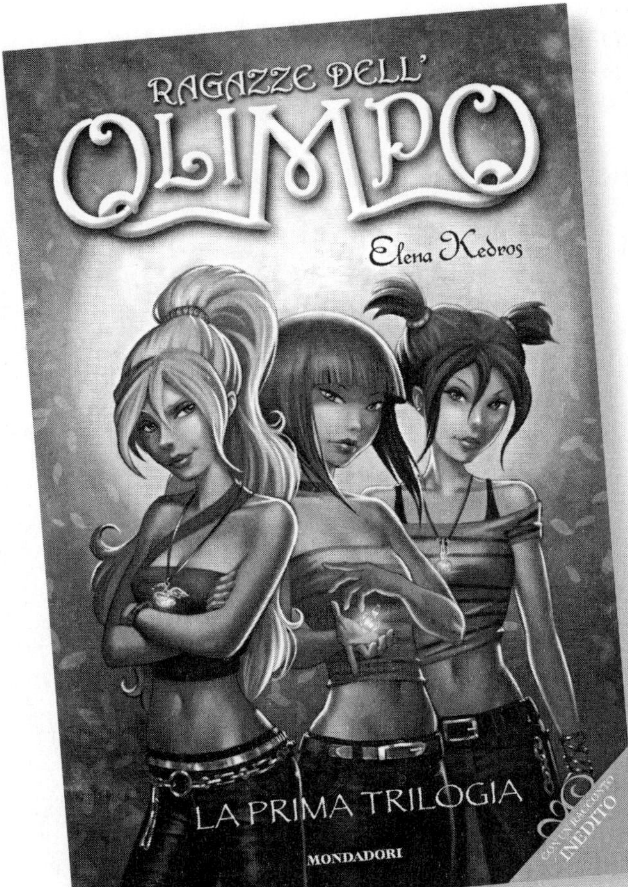

Sid, Luce e Hoon

sono tre ragazze che si innamorano, litigano e passano ore al telefono come tutte. Con un'eccezione: loro sono dee. Rinate sulla Terra per sfuggire all'attacco di Ares che vuole sottomettere l'Olimpo, Sid ha il potere di Artemide, Luce quello di Afrodite e Hoon quello di Atena. Dopo l'ultimo combattimento Ares sembra svanito nel nulla e sull'Olimpo la Fiamma d'Oro degli dei si sta spegnendo. Per evitare che l'antico mondo scompaia per sempre, le tre dee devono aiutare Morfeo a recuperare i loro ricordi perduti e riaccendere una nuova fiamma. Ma per farlo, una di loro sarà costretta a rinunciare al proprio potere. Mentre sulla Terra una spaventosa inondazione sommerge Rainbow Hill, sull'Olimpo Sid deve combattere la sua battaglia più difficile. E stavolta non avrà solo Luce e Hoon al suo fianco...

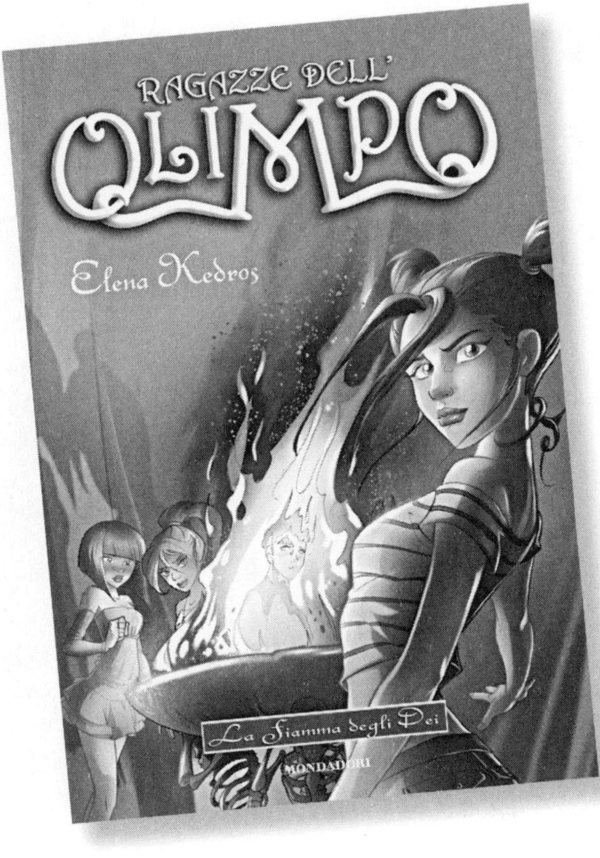